新年の二つの別れ

新装版

池波正太郎

朝日文庫

本書は二〇〇八年一月に小社より刊行された文庫の
新装版（再編集版）です。
（単行本は一九七七年六月刊）

新年の二つの別れ　新装版●目次

1

新年の二つの別れ

新装版

1

長谷川　伸

一

はじめて、長谷川伸先生をたずねたのは、昭和二十三年の夏のさかりだったと思う。前年、私が、ある新聞社の戯曲懸賞に応募して入選した、そのときの選者のひとりが、先生であった。

それだけのことをたよりにして劇作の指導をうけたいと思い、紹介者もなく、手紙をさしあげたら、

……小生方のおたずねはいつでもよろしい。土曜でも日曜でも、そちらの仕事をさまたげぬことでありたい——という御手紙をいただいた。

当時、私は都庁につとめていたからである。

その日は、じりじり照りつける暑い日で、私は二本榎のお宅の前までくると気おくれがして門の中へ入れず、何度も行ったり来たりして、しまいには小水がもりそうになっ

てしまい、前の明治学院の便所へかけこみ、用を足し、水で顔を洗ってから、思いきって、門へはいって行った。

奥さまが親切に応対して下さった。

先生は、どこかの会合から帰られたところだったが、コチコチになっている私を見ると、

「君。らくにし給え」

こう言われて、いきなり下帯ひとつになられた。それで、私もいくらか気がらくになり、いろいろと話しはじめたのである。

そのとき、先生の「ふともも」のたくましさを眼前に見て、私はおどろいた。とうてい六十を越えた人の筋肉ではなかった。

このとき、先生が言われた。

「作家になるという、この仕事はねえ、苦労の激しさが肉体をそこなうし、おまけに精神がか細くなってしまうおそれが大きいんだが……男のやる仕事としては、かなりやり甲斐《がい》のある仕事だよ。もし、この道へはいって、このことをうたがうものは、成功を条件としているからなんで、好きな仕事をして成功しないものならば男一代の仕事ではないということだったら、世の中にどんな男の仕事があるだろうか、こういうことなんだね。ま、いっしょに勉強しようよ」

先生の指導をうけるようになってから、私は、かなりあつかましかった。どんな社会

にも、それぞれの順序、しきたりみたいなものがあるのだろうが、新米の私は、書庫の本をかってに見せてもらったり、今から考えると冷汗の出るような質問をくどくどやったり、ただもう、がむしゃらになってぶつかっていったつもりだ。

こんな私を根気よく育てて下すった先生の「寛容」というものを、このごろ、つくづくと考えてみる。先生は、あらゆるものに「寛容」だ。

このことについては書きたいことが山ほどあるのだが……。うまく書けないのが残念だ。

先生に接した人びとは、みなそれぞれに違う先生のイメージをもつことと思う。私が今つよく感ずるのは先生のドライさである。この場合のドライということは、一人の人間が、自分自身を見つめる眼のドライさ、ということだ。

絶えず自分を冷たく突き放して見つめることを忘れるな、とでも言ったらよいのか……ことばにはきこえなくとも、私には先生の生活態度が何かそのようなものを語っているように思えてならない。

二

松竹少女歌劇の「夏の踊り」だったろうか——数年前のことだ。

小月冴子が、ライオンに扮して「アフリカ」のナンバーを踊ったことがある。

トロピカルな音楽のリズムにのって、ライオンのボスが現地の狩人から仲間や恋人を守り、ついに自分が狩人の投げ槍に倒れるまでを、小月冴子は激しい情熱をもって踊りぬいた。音楽も振り付けもよかった。

あまりにすばらしかったので、長谷川先生に話した。

「ふむ、ふむ……」

先生は目を光らせて聞いておられたが、一カ月ほどしてお目にかかったとき、

「この間、ライオン、見てきたよ」と言われた。

ぼくは、そのドンヨクさにちょっと、おどろいた。

「君の言う通り、あの小月冴子っていう人のライオンは、すばらしかった」

二年ほどして、何かのときに、また、

「あのときの小月冴子のライオンはよかったねえ」と言われた。

あるときに、先生が言われた。

「自殺というものは、全くひとりよがりのやり方だ。死ぬのなら役立って死ぬんだ。何もしないで死ねばすむというのは卑怯《ひきょう》だよ」

また、あるときに、

「人間の肉体というものは、自然の影響を非常に敏感に感じるため、かえって種々の錯

覚におちいるのだ、無用のね」

また、あるときに、

「役者というものは、自分の顔の欠点というものを気にしているときが一番、芸のいけないときだ。しかし欠点がないとうぬぼれたときも、また一番いけないときなんだね」

また、あるとき、

「何が新しいか何が古いかということは単純きわまる論拠なんだねえ。新しいものは古いものからしか生まれてこないのだ。古いものから出た新しいものというのはある。しかし新しいものという究極《きゅうきょく》のものはないんだ。また古いものの究極もないのだよ」

十数年前に先生は大病をされた。生死の間を何度も行ったり来たりした。しかし、便所だけは一人で起き上がられて行かれた。

だれがとめても断固として、これをつづけた。奇蹟的に回復されたあとで、こう言われた。

「別に強情張ってたわけじゃないよ。それやァぼくだって楽に用を足した方がいいにきまっている。しかし、あのとき楽になってしまっては、もう、それっきりだめだったのだよ。ぼくは自分の病気を癒《なお》すために苦しくっても一人で便所へ行ったのだ。ぼくなんか君、若いときからからだの調子のいいことなんて一日だってありゃァしなかったもの」

　先生は今年七十七歳になる。

三

　自分の脚本が二つ三つ舞台にのぼるようになった六年ほど前のことだが……。何かの用事でお宅へうかがったとき、先生が急に言われた。

「君イ。〝よろしく先生〟ってのを知ってる？」

「存じません」

「それはねえ……」と、先生は笑いながら、こんな話をして下すった。

　昔むかしのことである。

　なくなった六代目菊五郎が先生に、

「おい、長谷川。〝よろしく先生〟になっちゃいけねえよ」

「何だい？　それは……」と、先生。

「いや、何ね」と、六代目は苦笑しつつ、

「いまね、おれが演《や》ってる芝居の作者は、おれが何をきいても、どうぞよろしく、どうぞよろしくと言うばかりで頼りねえよ」

　こう言ったそうである。

ついで、先生は、またこんな話をなすった。これも何十年も前のこと。

先生の脚本を某女形が主演したときのことである。

某女形は、まだ演劇界に出て日も浅かった先生をテストしてやろうという半ば意地の悪さで、その役の衣装を全部出してきて先生の前にならべたてて見せ、

「衣装は、これでいいんでしょうか？」ときいた。その目が、いたずらっぽく先生の表情を探っていた。

先生は、いとも簡単に答えた。

「え、結構です」

「ほんとうですか？　ほんとにいいんですか？　いえ、何か言うことがあるでしょう。ないはずはないでしょう、作者として――」

嵩《かさ》にかかって、その女形がたたみこんできたそうである。もし何も言うことがないと答えれば、あとでかげへまわって「あいつは何も知らねえんだよ」と冷笑するにきまっているのだ。

先生は、はじめて形をあらためた。

「じゃア言いますがね。あんたは着物のことばかり言ってて、ちっとも顔の〝こしらえ〟のことは言わない。顔のこしらえがわからなくちゃア、衣装のことはわかりません」

某女形は一言もなかったそうである。

劇界における主演俳優の威力と圧力は、現在もまだ大きいものらしい。芝居の作者たるもの、この力に直面しないものはおそらくない。

しかし、この圧力に敗北したら最後〝よろしく先生〟になってしまう。長谷川先生のような応答は、とうてい出来るものではないが、私も、自分の書いたものが、たびたび上演されるようになりはじめると、この話を思い起こしては懸命に勉強をしたものだ。

〝よろしく先生〟になってしまうと、作者としての自分までが〝どうでもよろしく〟になってしまうことは言うをまたない。

それを先生は教えて下さったのだ。

教えていただいても、それがどこまで実行できたか……。

考えるとハダさむい思いがする。

四

あるとき、劇場の廊下に先生が立っておられた。私の芝居を見に来て下さったときだ。疲れておられたようなので、ぼくがイスをもって行くと、

「そんなことをしないでもいいよ」

先生は、低くきびしい声で言われた。

以来、私は先生が乗り込む自動車の扉さえも開けたことがない。そういうことをされることが、先生は大きらいらしい。

つねづね、先生は、

「ぼくのことを先生とか、君らが弟子とか、そんなことを思わないでくれ」と言われる。

私は、はじめに戯曲をやって、自分の作品が三つ四つ上演されるようになってから、今度は小説の勉強をはじめた。

そのころ、ひどいスランプになったことがある。あまりに自信を失い、ひょろひょろと先生のところへうかがったとき、先生は発熱して寝ておられたが、すぐに起き上がって茶の間へ出てこられた。

(ぼくは、何という無茶な、図々しいまねをしたものだろうか……)

先生は、ぼくがつくったウタだがと言われて、左のようなウタをしめされた。

観世音菩薩《ぼさつ》が一体ほしいと思う五月雨ばかりの昨日今日

何日も机の前にすわりつづけ、書けなくて書けなくて、ここに観音像の一つもあったらすがりつきたいほどだ、という作家としての苦悩をよんだものであった。

「ぼくだってだれだって、みんなそうなんだよ、元気を出したまえ」

私は、勇気を得た。

今年の四月のある日に……。

先生は、庭にむらがって鳴く雀を見やって、

「近頃といっても、ぼくのところの庭なんだが、雀が増えたねえ。ほかの鳥や虫は、みんな都内から消えていってしまいそうだし、また消えて行きつつあるんだが、しかし雀は退かないねえ」

「雀というのは抵抗力がつよいのですね」と、私。

「うん。そうらしいねえ。雀を害鳥だというが、ちょっとひと言で片づけるのは見当違いなんだねえ。数が多くなると害鳥になるのだよ、また少なすぎても害鳥になるんだ。なんでもそういうもんなんだねえ」

去年の夏、ぼくが直木賞をもらったとき、報告に行くと、先生はニコリともしないで、「よかったね」と、ひと言いわれた。

その方が、ぼくにはうれしかった。

ここまで書いてきて、しょせん「師」というものへは、畏敬のかぎりをつくすか、思いきって、わがままにぶつかっていくか、そのどっちしかないと思った。ぼくは後者の方だ。これからもそのつもりでいる。

（昭和三十六年十月記）

新年の二つの別れ

今年、四十六歳になった。

これから、ひとはたらきして老年に至れば、もう私の生涯も終りとなる。

「こころ細いですね」

と、私より一つ年上の家人はいうのだが、そのくせ、年末になると、新しい年を迎えるこころがはずむのだという。

そういわれれば、いい年をして、私も年が暮れ年を迎えることを、たのしくおもわぬでもない。

六年前の新年……その元旦に、恩師・長谷川伸邸へ年始に行くと、すでに夕暮れで、多勢の年始客も引きあげかけていた。

見ると、師は顔面蒼白《そうはく》となってい、呼吸もあらかった。朝からの年始客への応接に疲れきっておられる。

私も、すぐに引きあげかけたが、玄関へ出て靴をはきかけ、なにか妙な気もちになってきた。それが、俗にいう「虫が知らせる……」というものであったのか、どうか……。なんとなく、一言でもよいから師のことばがききたくてたまらなくなり、私は玄関から師の居間へ引返したものである。

師は、あえいでおられた。障子の外から、そのかすかな喘鳴《ぜんめい》が私の耳へつたわってきた。

でも、おもいきって障子をあけ、

「先生。ちょっと、よろしゅうございますか？」

声をかけると、師は炬燵《こたつ》の上へ頬杖《ほほづえ》をついたまま、

「あ、いいよ」

「おつかれのところを……」

「つかれるけど……正月は、たのしいものね」

「はあ……」

「君はどう？」

「たのしいです」

「正月の、どこがたのしい？」

私が、しばらく沈黙したのちに、

「習慣が……ま、私の家は家なりにやっている習俗が、たのしいのでしょう」

師は、ぽんと両手をうち合せ、にっこりして、

「それさ」

と、いわれた。

奥さんが茶をはこんで来て下すって、その茶をのみ終えたところで、私は、辞去した。

この間、約十分ほどであったろうか。

その十分の間に、師が、台所へ去られた奥さんを見送ってから、ふっと、私に、

「君が、お父さんに最後の別れをしたのも、正月だったねえ」

と、こういわれるのだ。

それは、いまから十年前のことで、その年の正月二日に、三十年間も音信不通だった父が私の家へあらわれたのである。

父と母は、私が小さいころに離別をし、そのまま、双方とも独身暮しをつづけたが、母は私を育てあげ、父は諸方を転々とわたり歩いていた。

ま、とんだ〔父帰る〕であったが、意外に父は悪びれず、母も、

「おやまあ、しばらくですねえ」

などと、笑顔であいさつをした。父は金を借りに来たのだが、正月を越せば、

「ちゃんとやってゆくあてがあるから」

と、いう。

むろん、出来るだけのことをしてあげるように家人へいいつけ、その夜から、私は大阪へ旅立った。大阪・新歌舞伎座に出演している劇団〔新国劇〕のために、新作の脚本を大阪で書き、すっかり稽古《けいこ》をすませ、二月の東京公演へもちこむための仕事があったからである。

私は、自宅のこまごまとした雑用を父にやってもらうことにし、一週間ほど通って来てくれといい、父は、よろこんで承知をした。留守中に父と家人とを親密にさせておき、いずれは死を迎える父のことも何とか考えようという下心が、私にあったからである。

月末に、帰京すると、

「お父さんは、毎日、うれしそうに通って来ましたよ。そのうちに、落ちついたら、またおいでになるそうです」

と、家人が報告をした。

だが、これが最後となり、またも父は行方知れずとなったまま、夏に至って、別の親類のところへ、その〔孤独な死〕が報ぜられた。

正月……母と家人が亡父の墓まいりに行く。私は行かない。

そのことを、師は私にいわれたのだが、この六年前の元旦の夜を最後に、私は師にも永別することになった。月末に、師は入院され、絶対に面会謝絶の闘病生活がはじまった。病院の玄関口までは行ったが、私は病室へ一度も入らず、一度退院されたときも面会をのぞまなかった。再度、入院されて亡くなり、納棺のときも、その死顔を見なかった。いま、回忌のあつまりがあるとき以外、私は師の墓まいりもせぬ。ときたま、未亡人を訪問し、元気だったころの亡師の写真の前で線香をあげることもあるが、六年後のいま尚《なお》、私には師が亡くなったという実感がいささかもわかぬ。そのくせ、父の死は、これはもうはっきりとした実感となって胸の内にうけとめられているのだ。

いま、ふと気になって考えることがある。あの夜の師のことばの「君がお父さんに最後の別れをしたのも……」という「も」のことだ。もではなく「別れをしたのは……」と、なるのが当然であろう。そして、私が「正月の習俗がたのしいのでしょう」といったときの、師のうれしげな笑顔の意味を、いまになって、いろいろと考えてみるのだ。いまの、あわただしい明け暮れの中の、一瞬のうちにといってよいほどのあっけなさで過ぎてしまう一年に、つまらぬことだという人もいるけれど、私は、師が亡くなって以来、四季それぞれの習俗をおこなうことに、尚更、熱心になってきているようだ。

大晦日《おおみそか》にはかならず東京にい、きまった人びとを訪問し、戦前から、この日の午後に行く蕎麦《そば》やで鴨《かも》なんばんで酒を二本のむ。その店のそばを買って帰り、ラジオの除夜の鐘と同時に、酒をふってほぐした蕎麦を家族と食べる。それから湯に入り、着物を着かえて朝を待つ。

新年が来る。すべては、東京の下町の風習にしたがって正月を迎え、正月を送るのである。

兵隊にとられていたとき以外、新年を東京で迎えぬ年はない。一度、他国の正月を見たいものだと考えているのだが、習俗の重味というものは、やりつづけてきていると、相当なものであって、この重味は微妙複雑に私ども一家の〔生活〕へ影響しているのである。

これをしも、亡き師は「たのしい」と同感されたのは、感覚でわかってはいても、筆舌にはつくしがたいような気がする。

日本の習俗は、日本の季節と風土に密着してい、日本の季節と風土の特殊な情緒が、ことに都会において絶滅した現在、私の習俗も遠からず消え絶えよう。

父

私の父方の先祖は、富山県の井波《いなみ》から出た宮大工《みやだいく》で、それが天保のころに江戸へやって来て住みついたというのだから、父・池波富治郎で何代目になることか、よくわからぬ。いまは、井波へ行っても、すでに〔池波〕の姓は絶えてしまっている。

父は、宮大工の棟梁《とうりょう》だった祖父の家業を継がずに、少年時代から日本橋小網町の綿糸《めんし》問屋《どんや》・小出商店でつとめあげ、母と結婚したときは通い番頭になっていた。

番頭といっても、ただの店のそれではない。

月給のほかに綿糸相場で儲《もう》けるから、金まわりはよいし、さらに幼少のころは池波家のたった一人の男の子だったところから、親たちは、まるで、

「なめまわすように……」

父を可愛がって育てた。

まず、ほとんど、自分が苦労の壁へ突き当って、これを突き破った経験がない父だったのである。幼少のころは、

「浅草小学校はじまって以来の神童」

だなどともてはやされたというから、小学校の成績もよかったらしい。

こうした生い立ちが、かえって大人になってからの父へ災《わざわ》いしたといってよいだろう。

のちに、つとめ先の小出商店が、当時で四十万もの借金をこしらえて倒産したとき、父は、

「何をして生きて行ったらよいものか……?」

途方に暮れてしまったらしい。

伯父のアドバイスで、下谷の根岸へ撞球場《どうきゆうじよう》を開業させてもらったが、これまで、他人に一度も頭を下げたことのない父なのに、玉突きに来る客の相手ができるはずもない。

(おれは、こんな玉突き屋のおやじで埋もれるような男じゃない)

という見栄があっても、それならば自分で別の道を切り拓《ひら》くという勇気もない。

父は、しだいに酒へおぼれこむようになった。

もともと大酒のみなのだから、たまったものではなかった。

このように生活が荒れて来て、ついに父と母は離婚することになる。

当時七歳だった私は母と共に、浅草永住《ながずみ》町の母の実家へ移った。

往時をかえりみて、私の老母は、こういっている。

「お父さんと別れた原因というのは、私が実家《さと》をかまいすぎたからだともいえる。それ

はもう、そのころの永住町ときたら、不景気でお父つぁん(私の祖父で錺職《かざり》の今井教三)の仕事はなくなるし、とても困っていたので、ついつい、見すごしにできなかった……」

それはさておき……。

小学校を卒業した私を、母が株式仲買店の店員にしたのは、父の職業と同様に、

「株屋なら、大学を出ていなくても威張って暮せる」

と、考えたからであろう。

事実、戦争へ出て行くまでの私は、分不相応《ぶんふそうおう》の生活をすることができたし、それが今日の私の仕事にむすびついてくれたことは、幸運というべきであろう。

それに引きかえ、私の父は、どこまでも不運であった。

株屋へつとめるようになって一年ほどたった或夜、下谷稲荷町《したやいなり》を歩いていると、向うから何と父がやって来るではないか。

別れてから久しいので、私もなつかしく、近寄って行き、

「お父さん」

よびかけると、父は泣き出しそうな顔になりながら、

「お前さんはだれだい? どこの人だい。私は、お前さんなんか知りませんよ」

という。

当時、十四歳の私は、

「勝手にしろ!!」

怒鳴りつけておいて、さっさと永住町の家へ帰った。

後年、私の出征が近づいたとき、父と名古屋で再会し、大須の宿屋で一夜、のみ明かしたことがある。

父はそのとき、名古屋のD製鋼の事務員をしていた。

二人で三升ものみ合ったが、そのとき、私が酔って、

「あのとき、何でしらばっくれたのだ?」

というと、父は閉口《へいこう》し、

「いやもう、あのときは、むしろ、お前さんに忘れてもらいたい、私も忘れようとしていたものだから……」

と、あやまった。

しかし、父は、まったく再婚の意志がなく、伯父や上司がいくらすすめても承知をしなかった。このころに再婚をしていたら、父の老後も幸福だったのではあるまいか。

ともかく、どこではたらいても仕事はよくやる。几帳面《きちようめん》だし、責任感が強く、上司たちもこの点、非常に高く評価してくれたらしい。

ところが、同僚か上司の中に、一人でも気に入らぬ人があらわれると、たちまち、こ

だ。

れと喧嘩をしてしまい、
「おもしろくもない、こんなところにいられるか」
というので、飛び出してしまうのだ。
だが、父は、金銭での迷惑や悪事に走ったことは、ただの一度もなかった。
つまり、こういう父だったので、世間が、しだいにせまくなって行くのは当然のこと
いまから約十六年前の正月に、突如、父が私の家へあらわれた。
「すこし、金を貸してもらえまいか……」
というのである。
「ああ、よござんすとも」
と、私は、たっぷりと金をあたえ、私の衣類をもあたえて帰したが、そのときに、
「私は、今月一杯、仕事で大阪へ出かけるので、留守に通って来て、障子や襖《ふすま》の貼《は》り替
えをしてもらえまいか」
こういうと、父は大よろこびをした。
おもえば、その十日ほどが、父の最後の幸福な日々であったかも知れない。
母や家内とも毎日食事をし、私の著作を読みふけり、たのしかったらしい。
大阪にいて、私は、

た。

（そのうちに、なんとか、父を近くのアパートへでも住まわせるようにしよう）

と考えていたが、まもなく、父は、また行方不明となってしまった。

それから数カ月ほどして、都下の、ある養老院から伯父のもとへ、父の死を報じて来

父は、私の名前を隠し、その施設へ入ったが、伯父の名だけは告げておいたのだ。

今年は、父の十七回忌をいとなむが、それにつけても、私が年毎に、父に似てくるの

には我ながらおどろいている。これが血というものなのだろう。

酒は父ほどではないにせよ、一日も欠かせぬし、几帳面でいながら怠け者のところな

ぞ、そっくりだとおもう。躰《からだ》つきもよく似てきた。

けれども、幼少のころから、父が酒と怒りのために失敗をつづけてきたことを見てき

た為か、私は酒にのまれない。前後不覚になったことは、若いころに一度か二度、あっ

たきりだ。

怒りっぽい性格は、自分で、つとめてこれを克服してきたし、これからもそうしたい

とおもう。

父と同じように、上から強引に押えつけて来る者があったとき、若いころの私はテコ

でもうごかなくなったものだが、それでいて、そうした私を私自身が見つめており、

（いまは若いから、このくらいは闘ってもよいのだ。いまから人間がまるくなってしまっ

てはおしまいだから……)

などと考え考え、喧嘩をしたものである。

先日、帝劇の稽古場で、むかしから一緒に芝居の仕事をしてきた新国劇の辰巳柳太郎が、ある若いルポライターに、こういったそうな。

「そうね。むかしの池波はこんなものじゃあない。いきなり稽古場で怒鳴りつけてくるし、こっちも怒鳴り返して、大変なさわぎになることなど、しょっちゅうだった。あの当時の池波にくらべたら、いまは仏さんだよ。だが、オレは昔のように怒ったほうがなつかしいね。いまは、ちょっとさびしいよ」

文士と悪童

子供のころ、谷中《やなか》の伯父の家で暮していたことがある。あるとき、十歳も年上の従兄がぼくを近くの〔柏湯〕という銭湯へつれて行き、

「見ろよ、正坊。あの人が宇野浩二という文士だ」

と、指差した。

鼻下にチョビひげを生やした気むずかしそうな中年の男性が、いま脱衣しかけているところだった。その人は、従兄をギョロリとにらんだ。従兄は首をすくめ「いまにおもしろいぜ」と、いう。

その人は、中へ入ると、先《ま》ず湯水のカランや石鹸《せっけん》箱を置くタイルなどにシャボンをぬりつけゴシゴシと洗い、十杯も二十杯も湯をかけてから、やっと湯ぶねにつかった。昼間のことだし、客も少ない。

その人は湯ぶねから出て頭から足の先まで、まっ白なアブクをたてて、たんねんに洗い、もう一度、湯ぶねにつかる。それから〔上り湯〕をあびるわけだが、これも二十杯

さやく。

「すごくケッペキなんだ。いまに、おもしろいぜ」

アカの浮いた自分の桶《おけ》の湯に手をつっこみながら、その人をうかがいつつ、従兄はさ近くあびる。

その人は〔上り湯〕をあびると、今度は、そこから脱衣場までのタイルへ何杯も湯をかけた。つまり、自分が通るところを洗いきよめているらしい。それが終って脱衣場へ歩みかけたとたん、

「そら、おもしろいぜ」

と、捨台詞《すてぜりふ》をのこした従兄がつと立って何気ないフリをしてその人に近より、手に抱えた桶の汚れた湯をバシャバシャと、その人の足もとへこぼした。むろん、その飛沫は、その人の下半身へかかる。その人は、すさまじい目つきで従兄をにらみつけた。

「宵闇《よいやみ》イ迫ればア、なやみは果てなしィ」

従兄は唄いつつ、湯ぶねへドボンと飛びこむ。その人は、従兄をにらみつけながら、また〔上り湯〕を何杯も何杯もあび直し、通路へ湯をかけ、またも脱衣場へ歩まんとするとき、従兄の目で命をうけたぼくが、その傍をすりぬけながら、石鹸の湯をひっかける。

その人は青ざめ、こっちへ飛びかからんばかりの怒気を満面にあらわしつつ、しかも

無言で、またも〔上り湯〕をあび直すのだった。

さあ、おもしろくてたまらない。

冬なぞは何度も〔上り湯〕をあび直すうち、寒くなってくるので、その人はまた、湯ぶねへつかるところからやり直さねばならなかった。従兄やぼくばかりではない。近辺の悪童どもは、こうして、かなり長い間、宇野浩二氏を苦しめたものである。そして、ついに、宇野氏は、

「いくらなんでも五銭の湯銭で、そんなに湯をつかわれちゃアかなわねえ。ほかの湯屋へ行っておくんなさい」

と、柏湯から、しめ出されてしまったという。これは町のうわさにすぎぬ。真偽《しんぎ》のほどは、ぼくも知らない。

むろん、そのころのぼくは文士の何たるかも知らず、宇野浩二の名も知らぬ悪童にすぎない。

宇野氏が亡くなられたとき、ひそかに葬儀場へおもむき、ぼくはおわびをしてきたものだ。

上野桜木町には、もう一人の文士がいた。この文士に従兄は大いに可愛がられ、「川端康成さんの家の中には梟《ふくろう》が飼ってあって、そいつがバタバタ飛びまわっている。おもしろいぜ」と、いう。

伯父が「書生さん」と、よんでいた当時の川端氏は和服の着流しに頭髪はボウボウとして、犬を引張り、オカッパの夫人と共に、よく散歩しているのを見かけた。

従兄がぼくと歩いているときに出合い、

「これ、ぼくの従弟です」

というと、川端氏が笑って、ぼくの頭をなでてくれたことがある。そのころから瘦身《そうしん》で眼のするどい川端氏だったが、子供たちはなついていたようだ。

従兄が大きくなると、川端氏は、

「小林君、これを一度読んでみて感想をきかせてくれないか」

などといい、若い文学者たちの原稿を読ませたりしたので、従兄は得意だった。

画家の野間仁根氏の家の近くにある川端家の前を通ると、夫人がさらっている長唄の三味線《しゃみせん》がきこえてきたりした。

いま、手もとにある戦死をした従兄遺品の日記をひらいてみると、昭和七年十月二十六日のところに、

「……夜、川端さんよりもらった切符で明大マンドリンの会へ行く。古賀政男氏の指揮よろしく（丘を越えて）その他、気持よくきく。ほかに益田隆、梅園龍子の舞踊あり」と、あった。

この一項、いかにも当時の東京の一面を彷彿《ほうふつ》とさせるものがある。

友よいずこに？

二十五年ぶりで、井上留《とめ》吉に会ったのは、去年の夏のことだ。

井上は、戦前の私と同じように十三のころから株屋づとめをしてい、それで仲よしになったのだが、店はちがう。私がいた店よりも小さい現物屋でたたきあげ、はじめのころは私も茅場《かやば》町にあった店主《たいしょう》の本宅へ住みこんでいたから、八丁堀の銭湯か何かで知り合ったようにおもう。

以来、竹馬の友となった。

井上は、大変な映画狂で、これも私とそっくりだし、二人が、はじめて大喧嘩をやったのも映画が原因であった。

ジョン・フォードが監督した〔俺は善人だ〕という映画を二人して見て（浅草で……）外へ出たとたん、私が、その映画の主演者であるギャング・スターのエドワード・G・ロビンスンに、

「留ちゃん、お前の顔が似てるよ」

こういったところが、井上はおさまらず、これから二人が目ざして行くべき近辺の怪しからぬところへ向かうのも忘れて大口論となった。

「畜生め、こうなったら、やろうじゃねえか‼」

と、井上がいう。

向島の左官職の十二番目の子で、親が、

「これでもう、うちとめにしてえ」

という念願のもとに留吉と名づけられた彼だが、腕力は相当なものだ。

とてもかなわないとおもい、決闘の条件を出すと、彼は、言下に承知をした。

「おもしろい、いいとも」

翌日の夜九時。

私の店の裏をながれる川にかかった兜橋の両側から、私と井上は素足となって鉄の欄《らん》干《かん》へのぼり、

「一、二、三」

かけ声もろともに、らんかんの上を駆けわたってたがいに肉迫するや、ぽかぽかとなぐりあった。ときに両人は十八歳。

なぐり合って、組み合ったが、とても幅十五センチのらんかんの上で組み合えるわけのものではない。そのまま、まっさかさまに川へ墜落……。

「あのときゃあ、あんたが泳げねえのを、おれが引っ張って、やっと三菱倉庫か何かの石垣へ這《は》いあがったときにゃあ、死ぬかと思った」

二十五年ぶりに会ったとき、井上は、こういった。

井上が越後のO市の花柳界で置屋の主人におさまっていることをきいたのは、一昨年の夏である。われわれのむかしの仲間の一人が長岡でミシンのセールスをやっていて、これがO市で井上にばったり出合ったことが、いまも兜町にいる仲間の耳へ入り、それから私がきいたのだ。

で、去年、取材で新潟市へ出かけた帰途、O市へ立寄って邂逅《かいこう》したのである。

「ひゃあ、ゆうれいじゃあねえのか。あんたはガダルカナルで戦死したってきいたぜ」

どこからきいたのか、めちゃくちゃなことをいうやつがいるものだ。

このときに、あのらんかんの喧嘩あって後、私が、今度は日中、しかも取引所の後場《ごば》がひけたばかりの人出ざかりのときに、またも兜橋のらんかんを一人でわたったということを井上からきいた。

「うそつけ、おぼえてないよ」

「うそつけ。おぼえてるよ。あんたはね、いいかい。茅場町の下駄屋で、野球の応援団長がはくような朴歯《ほおば》の下駄をわざわざ買って来たんだ」

「うそつけ」

「うそつかない。その下駄をはいて、あんた、店のしるしがついた番傘をさして、橋のらんかんを……あは、は、は……わたり切れねえで、また落っこっちゃった」

私は、このことにまったく記憶がなかった。

帰京して、むかしの仲間にきくと、口をそろえ、こういうのだ。

「あったさ。君がわたり切るか切らないかというんで、みんな賭《か》けたもんだ。ひでえやつは当時の金で五百円もせしめたやつがいる」

いまだに、そのことがおもい出せない。なんでも、川をわたって来た舟にひろいあげられ、友だちに近くの銭湯へかつぎこまれて躰を洗いながしてもらったのだそうな。

それはさておき……その夜は、置屋の主人である井上留吉が、

「うちの妓《こ》でね。あんた好みのがいるんだ。ほれ、京町T楼のふみえね、あんた好きだったやつ。あれにそっくり。アメリカ女優のケイ・フランシスそっくり。あんた好きだったよ、ケイ・フランシス。帰って来たら……まかせといてくれよ。ま、いいからいいから」

ひとりでのみこんでいたが、ケイ姐さんは出先から客と遠出をしてしまい、

「畜生め。いまの妓《やつ》は手がつけられねえ」

井上は憤激した。

「いいよ。おれはいま、もうケイ・フランシスのような牝馬のようなすごい、りっぱな

躰の女には興味ない」

「うそつけ、うそつけ」

帰京してからも、よくよくケイちゃんにいいふくめておいたからと、三、四度、手紙が来た。こちらからも出した。

今年の春が終ろうとするころ、井上からの手紙が絶えた。

いそがしさにまぎれ、気にもせずにいた私だが、つい一カ月ほど前、越後・春日山へ取材に出かけることになり（さあ、また会えるな）と、たのしみにしていた。

出かけた。O市の置屋に、もう彼はいなかった。彼の細君で、二人の子まで生んだフェイ・ベインターみたいな女将が、こういった。

「うちのひとは、あの妓（ケイちゃん）に、あなたのことをおはなししているうち、いつの間にか出来ちゃったんです。ふらっと二人で、出て行ったきり……もう四月《よつき》にもなるんですの」

いま、どこから彼の声がきこえてくるかと……気が気でないおもいで、毎日、私は待っているのだ。

情緒と人間

四十をこえた私の、少年時代からの友が、このほど蒸発してしまった。このほど、といっても彼が行方不明となってから半年を経過している。それより以前に、しばしば、突如として、深夜の私の書斎へ、彼の電話がかかってくることがあった。

「ああ……」

先ず、彼のためいきがきこえる。

「どうした？」

「いま、家《うち》のそばの、屋台の焼き鳥屋にいる」

「ふむ……」

「今夜、十時に帰った。仕事が忙しくてね」

「そうか……」

「女房、ふとんにもぐって、テレビを見ているんだ。飯《めし》の支度もしてない」

「毎度のことじゃないか」

「そうさ」

「叩き起して、ぶんなぐれ！」

するとと、彼は哀しげに、さびしげに笑う。

「昨日は、でも八時に帰ったんだよ」

「ふむ……」

「もう飯を食っちまっていやがるのさ、女房も子供も……」

「うん……」

「おれが、まだ夕飯をすましていないというと、近所のそば屋から親子丼をとりやぁがったよ」

「…………」

「ああ……」

「おい……おい……」

「蒸発してしまいたいよ」

「ばか、いうな」

「いまの世の中にはね、情緒がない。夫と妻の……親と子の、情緒がない」

「いつも、お前はそういうね」

「情緒ということばをね、この間、辞書でひいて見たんだ。あれがジョウチョともいうけど、ジョウショというのが本当なんだね……辞書にね、こう書いてあった。時にふれ、折にふれて起る、いろいろの感情。その場にただよう気分……ね、いいことばだろ。おれ、暗記しちまったんだ」

「酔ってるな」

「ねえ、お前。おれねえ、会社へ行くだろ。小さな会社だけどさ、おれも経営者のひとりなんだ。工場で、二十人ほど、若い者が働いている。そこにねえ、人と人との気分がない。がさがさと、なんでも金ずくさ。金よこせ、金よこせ。よこさないと共産党へ応援を求める、そういやぁがるのだ、若い者が……」

「なるほど」

「そして、くたくたになって帰って来ると、女房は、そば屋の親子丼をとって、亭主のおれに食わせ、自分はテレビ見てる」

「おれは何をしたらいい。遠慮なくいえよ」

「お前は何もすることない」

「おい、会おうよ。たまには会おう」

「会うひまがない」

「そんなに、忙しいのか」

「忙しい。くたくただ。あたまも躰もめちゃめちゃだ」

「困ったな……」

「どうして、おれたちの年代は、不公平なのかね？」

「お前だけ、そう思っているのじゃないか？」

「ちがう。Wもさ、それからKもTも、みんな、おれと同じようなもんだよ。とにかく、情緒がない、これはいかん。女どもは、手足をつかうことを忘れていやがる。手足をつかわんから、あたまがバカになってくる。おれの女房なんか、むかしは、つめたい水で両手をつかって洗濯もしたし、飯もたいたんだよ」

「もう、やめて帰れよ。のみすぎるな」

「そうする。このあたり、せまい道なんだ。そのせまいところをトラックが凄《すご》いスピードで走りまわってる。ほんとに、そりゃあ危いんだ」

「寝ろよ」

「すまない。おそく電話して……」

「とにかく会おうよ」

「会えない、忙しい」

そうして、ついに、彼は消えた。いま、どこで何をしているのであろう。

田島直人の泪

いまは、時代小説ばかりを書くようになってしまった私だが、十余年前に〔緑のオリンピア〕というスポーツ小説を書いたことがある。

主人公は、三段跳の若い日本人選手だが、イギリス産の女の妖精も登場する小説であった。

このとき、私自身が練習場へ行き、専門家から三段跳のコーチをうけたことをいまおもうと、まるで夢を見ているようなおもいがする。

いまの、腹がまるく張り出た私の、おとろえた肉体では、とても、あのような取材の仕方はできない。

〔緑のオリンピア〕を書くとき、私は田島直人《なおと》氏にお目にかかり、夜、食事を共にしながら、いろいろと、おはなしをうかがった。

いうまでもないことながら、田島直人氏は日本のお家芸である三段跳で、ベルリン・オリンピックに優勝された。

織田、南部につづき、田島のこの勝利は、少年のころのわれわれをどのように熱狂せしめたことか。

さて……。

私が、はじめてお目にかかった田島氏は、いかにもスポーツマンらしい、しなやかに引きしまった体軀《たいく》のもちぬしで、態度や声音が、あくまでもしずやかに、おだやかに、しかも冷徹な、中年の紳士であった。

このとき、私は、

「ベルリン大会のとき、いよいよ、決戦に残られるまでの競技中に、どんなお気もちになられましたか？」

問うや、田島氏は、

「何も考えませんでした。自分が出ないときは、毛布にくるまり、競技場で昼寝をしていたのです」

淡々と、こたえられた。

私は、ひざをたたきたいおもいがした。

つまり田島氏は、ぜひ勝ちたい、というおもいにもとらわれず、また、負けようとも考えていない。

かねてたくわえた全力を、そのまま、のびのびと発揮することが、

（自分のつとめである！）

との一事にひたりきって、いわゆる〔無念無想〕の境地であったことが判然とした。

そして、わがちからをおもうままに出しきって勝利者となったのである。

ところで……。

最近に読んだ或る随筆雑誌に、NHK・アナウンサーの北出清五郎氏が、一九五六年のメルボルン・オリンピックで、金メダル獲得の大きな期待を寄せられていた日本のX選手のことを書いておられる。

X選手は、日本での最終予選に、一六メートル四八の世界新記録を出していたからだ。

しかし……。

いざ、オリンピック・スタジアムでの闘いがはじまると、アイスランドのエイナルソン選手が、だれも予想さえしなかった一六メートル二六という快記録を出し、これがため、巨大なスタジアムを埋めつくしていた何万という観衆が昂奮《こうふん》し、その喚声がスタジアム全体を圧した。

外国選手たちは、つぎつぎにエイナルソン選手へ駆けより、祝福の握手をもとめたが、三人の日本人選手はベンチへかけたまま、じっとうずくまり、こころの動揺を懸命に押えているように見えた、と、北出氏は書いておられる。

そして北出氏は、

(これはいけない。日本は負ける)

と、直感した。

「なぜか、X選手が可哀想《かわいそう》でならなかった」

と、書いておられる。

結局、日本選手は、競技場の雰囲気にのまれてしまい、まったく自分のちからを発揮できず、一人の入賞者さえ出さなかった。

北出氏が、つぎのように書いておられる。

「……ふと気がつくと、鉄柵に額をすりつけるように、声をしのんで泣いている人がいる。ベルリン大会で三連勝した田島直人さんだった」

これを読んで、私は十余年前に会った田島氏の、あの冷徹で温和な風貌をおもいうかべながら、田島氏が、メルボルン・スタジアムで、三段跳敗退のときにながされた泪《なみだ》の意味を、いろいろと考えてみた。

負けたくやしさ、それもあろう。

だがそれは、単なるくやしさではなかったにちがいない。

単なる運動競技での敗北についての感傷でもない。

田島直人は、意識的にせよ、無意識的にせよ、戦後の日本人が、

〔うしないつつあるもの〕

へ、泪したのではないか……。

タバコを売る少女

一年に一度、ぼくは、ぼくが卒業した小学校のある下町へ出かけて行く。一年に一度、夏のある日に、その町に子どものときから住みつづけている昔の同級生が五人ほどあつまり、夕暮れから酒をのむならわしになってしまっているからだ。

去年の夏、そのあつまりがある料亭へ出かけて行き、近くの文房具屋兼煙草屋で、ハイライトを買った。

大通りに面した、その、かなり大きな店舗には少女の店員が数人いた。

ぼくに煙草を売ってくれた少女は、その春に東京へ出てきたばかりのようで化粧の香りもなく、まぶしいほど健康な、ういういしい肌のかがやきが、顔にも、むき出しにした腕にも光っていた。

言葉には雪ふかい国のなまりがあった。

煙草の代金を払っているとき、大通りを疾駆《しっく》してきた軽自動車が、水たまりの泥水を、ぼくのズボンへ思いきりはねかけた。

少女は、すぐに奥へ駆けこんで行き、ぬれたタオルを持ってきて、ぼくのズボンを親切にふきとってくれた。

今年のあつまりに出かけて行くとき、ぼくはわざと煙草を持たずに出て、その店の前へ立った。

一年前の少女は、煙草ケースの前の椅子にかけていた。人ちがいか、と思うほどに口紅が濃く、まぶたにはアイ・シャドウがこすりつけてあった。

「ハイライトをくれないか」と、ぼくがいうと、少女が舌うちをして、こういった。

「ハイライトもうないんです。ピースじゃいけませんか」

「だって、下のほうに二つ三つあるじゃないか、ハイライト」

「ええ、でも……」

「出せないのかね？」

「下の底のほうだから、出すのがめんどうくさいんです」

肉体の機能

「ガラスはジャズる」という短編映画を観た。オランダの情報局が製作したテクニカラーである。

オランダの職人達が工芸ガラスをつくっていく工程と、オートメーション的ガラス製造の断片を、モダンジャズと落着いた色彩のリズムによってモンタージュしたものだが、まことに楽しかった。

奔放軽快なモダンジャズに乗って、ふくらんだり動いたり、走ったり止ったりするガラスの生態に素晴しい詩情がある。それよりも私が心をうたれたのは熟練工達の驚嘆すべき技術であり、ことに、その手の指の動きに重点をおいた人間の肉体の機能というものの素晴しさ美しさだった。

肉体の機能の実現について、芸術は近頃、あまりにも荒っぽく、単純で、その本来の美を忘れかけているように思われる。それとも近代文明の圧力に、人間は徐々に、その機能を失いつつあるのだろうか。それはさておき熟練した職人の躰の動きには、まことに人間の高貴さがあらわれているものだ。

自信と慢心

人づてに聞いた話なのだが……。

ある新進洋画家いわく。

「今のうちに僕の画を買っておけば、買った人は将来、きっと大へんな得をするんだがなあ」

大へんな自信である。

その画家が親しい知人に自分の作品を贈ったのだそうだ。

できあがった画を持って知人の家を訪れるその朝まで、画家は、たゆむことなく検討し、手を加えた。

画が知人の家の壁を飾ってからもなお画家は時折り訪れては、検討と仕上げをつづけた。

「今のところでは、これでやっと、僕は満足しました。でも、またいずれ手を加えることがあるかも知れません」と、その画家は知人に語った。

自信と慢心の境界の危機を、この画家は自分自身へ課したきびしい検討によって切り抜けているとみえる。

鯨の曲芸

残暑きびしいある日に、十何年ぶりで江の島へ行った。江の島対岸の海浜には、レストハウスや水族館、ヘルスセンターなどがあって、マイアミビーチと称している。その中にマリンランドがあったのではいった。長さ45メートル、幅25メートルの大池をコンクリートの回廊が囲み、この池の中に住む鯨やいるかの曲芸が見られる。

水に潜《もぐ》っている鯨は係の呼笛の音を聞きわけ、輪潜《くぐ》りや玉投げ、水面から三メートルも躍《おど》り上がって走高飛びからバスケットボールまでやってのける。

鯨の曲芸はマリンランドなくしては見物できない。私は初めて見てぎょう天し、そして怖《こわ》くなった。かのメルビル描くところの「白鯨」の凄絶《せいぜつ》な魔性が現実のものとなって、ひしひしと感じられた。

家人は嬉しがって拍手し、わが家の甘ったれ犬を呼笛でしつけて芸をおぼえさせると息まいたが、私は青ざめ、水面に光る鯨の鼻面を黙って見つめていた。おかげで汗がひいた。

夏

A

黄色い太陽の輝きが胸ぐるしい熱気をふくみ地上にあふれる。その素晴しい光。男の季節だ！　炎天の下、汗が頬をながれるままに、ぼくは元気よく働いている。風もなく陽の光りのみが体をつつみ、飲んだ水がビッショリとシャツをぬらし、喉がカラカラに乾いてしまうような日に、ぼくはハッキリと瞳をこらし、大きな声で、ピンピンと生気にみちた声で、人と語り、さっそうと町を歩むのが好きだ。

B

そよとの風もない。
油蟬が降るように鳴く坂道を引っ越しの荷車が、ゆっくりゆっくりとのぼって行く。車につんだ包みの破れ目からジャガイモが一つ落ちて、涼しい木蔭へ、コロコロところがっていった。

以上二編の詩は、私が親しくしているアルバイトの高校生森本君がつくったものである。

私の桜花

この世に生まれてから五十余年、毎年、どこかで桜花を観ている私だが、桜花の美しさが胸の底の底にまで染《し》み透ってきたのは、これまでに、ただの一度しかない。

毎年の桜の美しさと、そのときの桜の美しさは、

「まったく、別のもの……」

であったようなおもいが、いまもしている。

それは昭和二十年……終戦の年の春であった。

当時、私は、横浜海軍航空隊にいた。

太平洋戦争で、ついに戦場へ出なかった私だが、そのころのだれもが覚悟をしていたように、

(自分のいのちは、間もなく消えてしまう)

と、おもいきわめていたものだ。

すでにサイパン島も米軍の手に落ち、東京空襲によって、私の浅草の家は焼失してい

た。

この年の一月には米軍がルソン島へ上陸していたし、だれの目にも敗戦はあきらかであった。

だが、日本の春は、例年と少しも変ることなくやって来たのである。

磯子の海に面した横浜航空隊の諸方に植え込まれた桜の蕾《つぼみ》が日毎にふくらんでくるのを、私は茫然《ぼうぜん》とながめていた。

その蕾にたくわえられた植物の生命《いのち》の勢いのすばらしさに、瞠目《どうもく》していた。

自分の生命のはかなさをおもい知るだけに、桜花のいのちの充実にこころをうばわれたのであろうか……。

ふくらみきった蕾が開花するときの、その美しさは、たとえようもないもので、おもわず、和歌のようなものをたてつづけにつくってみたりした。

或日。

M中尉によばれて士官室《ガン・ルーム》へ行くと、従兵が、

「ちょっと待っていてくれとのことです」

というので、ガン・ルームの隅に立っていると、向うの窓から、風に乗って桜の花びらが室内へながれ込んできて、テーブルや白いカヴァーのかかった椅子へ点々と散り落ちた。

それを見ているうち、わけもわからぬ泪がふきこぼれてくるのを、私はどうしようもなかった。私は二十三歳であった。

初夏のころになって、私は横浜から山陰の基地へ転任したが、日本海にのぞむ半島の基地での明け暮れにも、ありとあらゆる木や草や花の美しさに目をみはったものだ。

死ぬる日が、

「間近い……」

と、切実におもうとき、自然や風物に対する感覚は、まったくちがってくる。

いまの私の桜花への感覚は、ごくあたりまえのものといってよい。


私は、どうも山盛りの桜が好きではない。

桜花に埋もれた吉野山へ、いつか一度は行ってみたいとおもいながら、あまり積極的になれぬのも、その所為《せい》であろう。

日ざしをたっぷりと浴びた桜花は、むしろ汚なくおもえる。

夕暮れどきの光りに浮く一本《ひともと》の桜花がよい。

子供のころから、上野の山の花見には数えきれぬほど出かけているが、私は、寛永寺境内の数少ない八重桜の散りぎわに行く。

あかるいうちに、上野山内の〔うぐいす亭〕で三色だんごを買っておき、これをもって、先ず、池の端の〔藪《やぶ》〕で酒をのみ、蕎麦をすすり、夕暮れどきに寛永寺へ出かけて行ったものだ。

むろん、茶をいれた魔法びんを持参している。

人の気配もない境内の、鐘楼のあたりへすわり込み、散りかかる八重桜をながめながら三色だんごを食べる。

もっとも、ここ五年ほどはやっていない。

むかしの私は、芝居の脚本と演出で暮していたものだから、自分の舞台にも何度か桜をつかっていたのだろうが、いまは、よくおぼえていない。

歌舞伎の舞台では「義経千本桜」をはじめ、「新薄雪物語」の清水寺の場や「籠釣瓶《かごつるべ》」の仲之町の桜花、「娘道成寺」など、満開の桜を舞台に見せることが多く、これは、なんといっても舞台の美術なのだから美しい。

ことに私は「妹背山《いもせやま》」の吉野川の場の桜花が好きだ。

これは、久我之助《こがのすけ》と雛鳥《ひなどり》の悲恋の哀れがあるからこそ、なおさらに桜も引き立ち、若き男女を演ずる俳優も引き立つのである。

去年、私は明治座公演における高橋英樹君の二番目に久しぶりで脚本、演出をしたが、その大詰の、駿河と甲州の国境に近い山道へ、一本の桜を出し、花を咲かせた。

芝居の仕事をしていると、こういうことができる。

江戸時代の見たかった場所や風景も、おもうままに舞台へ再現することができる。

これがたのしくて、私はときどき、小説の世界から芝居の世界へもどるのかも知れない。

それにしても、舞台で、桜花をはらはらと散らすのは、なかなかにむずかしい。私の場合、うまく行ったためしがない。

先ず、こうした技術に長《た》けているのは東京の歌舞伎座であろうとおもう。

町で見る俳優たち

太平洋戦争が始まるまでの東京や京都では、町すじの其処此処《そこここ》で、芝居や映画の俳優たちを見かけることができた。

名優・十五代目市村羽左衛門などは、日本橋の三越で買物をするのが好きらしく、東京公演中には楽屋入り前の時間に、よく姿を見せたものだ。

黄八丈を着た若き山田五十鈴が新宿を歩いていたり、原節子が銀座のモナミにいたり、大日方伝が地下鉄のプラットホームにいたり、三宅邦子が、そのたくましい肉体とメタリックな浅ぐろい横顔を初夏の微風になぶらせつつ、上野の広小路を颯爽《さっそう》と歩んでいたりした。

道を行く人びとも、

(あ……入江たか子が歩いている)

と、見送りはしても、近寄ってサインをもとめたりするようなことは、めったになかった。

いずれにせよ、戦前の映画スタアたちは、男も女も、実物のほうがスクリーンの彼ら以上に美しく、すばらしかった。

（なるほど、これならスタアである）

と、なっとくがゆくような風貌をそなえていたものだ。

現代の、ことに若いスタアたちは、実物を見て、がっかりすることが多い。顔も躰も、スクリーンの彼らにくらべて、ひどくまずしい。ことに若い女優がそうだ。

これは、キャメラが進歩したのでそうなるのだという人もいるけれども、それぱかりではないとおもう。

スタアでなくとも、たとえば傍役《バイプレイヤー》で、スクリーンの上では長屋の女房や牛鍋屋の女中などを演っていた、故飯田蝶子や吉川満子にしても、実に灰汁《あく》ぬけて美しかった。

こうして、私は年少のころから、東京の町すじで、何人もの俳優たちを見かけているが、いまは若い歌手などが、うっかり散歩でもしていようものなら、たちまちに取り巻かれてしまうそうだから、特殊な地域以外では、あまり見かけることがなくなった。

そこへ行くと、歌舞伎俳優は舞台と素顔があまりにはなれすぎているものだから、洋服を着て歩いていれば、テレビのＣＭにでも出ないかぎり、めったにはわからぬ。

だから、尾上梅幸にしろ、中村勘三郎にしろ、ゆっくりと散歩をたのしむことができる。

ところで……。

これは、だれにでも経験があることだろうが、俳優にかぎらず、

「町でよく見かける顔……」

というものがある。

この稿では俳優のみを取りあげるが、むかし私は、尾上梅幸・中村又五郎の両歌舞伎俳優と東京や京都の其処此処で出合った。しまいには梅幸氏も変な顔をしていたものだが、近年、私は梅幸主演の脚本を書くようなまわり合わせになったし、又五郎氏とも親しくなり、今年は両優共演の芝居を書いた。

こういう、ふしぎな縁もあるが、その他、かつての松竹映画のスタア・藤井貢には、実によく出合う。

藤井貢といっても、いまの若い人は、その名を知るまい。しかし、テレビの、いろいろなCMに出て来るハゲ頭の、目玉も躰も大きい、ヒゲを生やした、精力的なオヤジを見ているにちがいない。

これが藤井貢である。

藤井貢は、たしか大学時代にラグビーの選手だったかとおもうが、松竹蒲田がスカウトして〔大学の若旦那〕シリーズという映画をつくった。当時、松竹蒲田の〔与太者〕シリーズとならんだ売り物シリーズといってよかった。

その他の映画にもいろいろ出て、人気もあり、堂々たる体軀と、とぼけたような若々しさが、たくまざるユーモアと、ときには哀愁をただよわせもした。

藤井は、のちに松竹を退社してから〔一本刀土俵入〕の駒形茂兵衛を演ったこともあるが、中山義秀原作の〔碑《いしぶみ》〕の映画化で、月形龍之介・徳大寺伸とならんで落魄《らくはく》の剣客を演じたのが印象に深い。ちょうど、そのころに、日本はアメリカとの戦争に突入したのだ。

そのころから、私は、藤井貢を町で見かけたものだが、戦後になってからは、それこそ妙なはなしだが、一年に二度ほどは見かける。

戦後間もないころ、藤井貢は、私が住んでいる町の商店街を窶《やつ》れ果てて歩いていた。きっと、躰をこわしていたのだろう。

あの巨体が、すっかりおとろえ、しぼんでしまっていた。

それが、近年にいたって、テレビのＣＭに、モデルに大活躍となったのである。

先日も、銀座で見かけた。

七十に近い年齢には、とても見えぬ、がっしりとした体軀を明るい色のコートに包み、見るからにエネルギッシュだった。

この人の私生活を私は何も知らない。

知らないが、しかし、もう四十年も、スクリーンや町すじで見かけ、そのたびに変化してきた藤井貢の、いまや老いて尚さかんな風貌を見かけると、何ともいえぬ想いにさそわれもするし、また、五十をこえた自分が、何となく、はげまされるようなおもいがする。

それから、かつては東宝の映画スタアだった佐伯秀男。この人は藤井貢ほどではないが、三年に一度や二度は見かける。

故霧立のぼるが、はじめて結婚した男性である。

若いときは、田村秋子・友田恭助の〔築地座〕の俳優で、数々の名舞台に出ている。

東宝へ入って、いろいろと出たが、東宝は、この精悍《せいかん》な若手俳優を準スタアの地位にとどめてしまった。いまも、テレビの深夜映画(新東宝時代)にチョンマゲをつけてあらわれることがある。

そのうち、佐伯秀男の消息は絶えたかにおもったが、これもまた中年男性モデルとして活躍をはじめた。中年に見えても、むろん、六十をこえているだろう。

先日、久しぶりで佐伯秀男を地下鉄の車内で見た。

若いころ、ボクシングできたえた、がっしりとした躰にスポーティなスーツをまとい、大きな旅行鞄を二つも提げ、若い者も顔負けの足取りで、新橋の地下鉄ホームを去って行ったものである。

歌舞伎座の一夜

尾上梅幸が、道行から押し戻しをつけて〔道成寺〕を出し、九十歳の老女形・尾上多賀之丞が持役の〔文七元結〕の女房を演じるというので久しぶりに、歌舞伎座へ出かけた。

行く前から、

（また、あの、嫌なおもいを味わうことになるのか……）

とおもうと、観劇のたのしさが半減してしまうような気がした。

その夜の席は、二階正面の二列目であったが、芝居の幕が開くと、さあ、いけない。

やっぱり同じことだ。どうして、こうなんだろうとおもう。

それは、舞台のことではない、客席のことなのだ。

幕が開くとたんに、ガサガサと紙袋の音がきこえはじめる。

女の見物が、何か食べはじめるのだ。

同時に、あちらでもこちらでも役者の声も三味線の音も押しつぶされてしまうような高声で、おしゃべりをはじめる。

若い女も中年女も、老婆も、みんな、しゃべり、食いはじめる。

もう四十何年も芝居を見つづけてきている私だが、すくなくとも十年ほど前の客席は、こうではなかったようにおもう。戦前の劇場には、男の観客のほうが幕間《まくあい》の酒に酔って、うるさかった。

私の本業は小説書きだが、芝居の脚本・演出もするので、自分の芝居は劇場一階の最後部にあるガラス張りの監事室の中で見る。

そこでは紙袋の音もしないし、女鼠がせんべいを齧《かじ》る音もしない。

この夜も、よほど、監事室へ逃げ込もうかとおもった。

どうして、こう、劇場の中での、ちかごろの女たちはやかましいのであろう。傍若無《ぼうじゃくぶ》人《じん》なのであろう。

もしやすると、わが家で、好き勝手なまねをしながらテレビのドラマを見ているときのくせが、身にしみついてしまったのではあるまいか……。

そしてまた、いまの家庭は、女たちの天下であって、だれにも他の人びとには気がねも遠慮もせずにすむのであろう。

気ちがいじみた東京の騒音が、人びとの聴覚を鈍麻《どんま》させてしまっているのだろうか……。

劇場では、男のほうが、しずかに見物しているけれども、列車の中になると、今度は男の客に傍若無人が多くなる。

他人の座席も自分の座席も区別がなくなるし、高声、高笑いの連発となるのは、もっぱら男のほうで、女は比較的にしずかだ。

これは、どういうことなのであろうか……。

もっとも、近ごろの劇場は女の観客でみたされている。

男は、もう、芝居を見るという生活の習慣を失ってしまったからだ。

ゆえに、女たちは同性の、このような傍若無人を本能的に理解し、体質的になっ、、、とくしているのであろうか。

〔道成寺〕が終り〔文七元結〕の幕が開いたとき、私は二階後部の空席へ移った。

このあたりは空席が多かったので、耳元の騒音もいくらか遠退《とおの》くとおもったからだ。

ところが幕が開くと、ずっと前にいる中年の婦人がしゃべりはじめた。その音は、まったく開演中の劇場内のものではなかった。

たまりかねて、私も大声にいった。

「前の人、うるさいから、しずかに見物しなさい」

婦人は黙った。黙っただけでもえらいとおもった。数年前のことだが、私は、歌舞伎座の二階の席で著名な政治家の夫人を同じようにたしなめたことがある。そのとき、彼女は私に「失礼な……」といい、私を失笑せしめたものである。

すると今度は、私のうしろの扉から若い男が紙袋を持って入って来て、ゴソゴソ何やら食べるものを出しかけた。

ついでだから、こいつもたしなめてやろうとおもい、振り向いたら、向うの座席にいる若い男の外国人が紙袋の青年に何かいい、私のほうを指さしたものである。

青年は黙った。

私はようやく、落ちついた気分になり、舞台の多賀之丞に見入った。

職人の感覚

現在、小説や、ときに芝居の脚本を書いて暮らしている私の生活も〔職人〕のものであるが、若いころには本当に、自分の手先をうごかし、物をつくったことが私にはある。好んでしたことではない。

太平洋戦争が始まって、出征する直前の一年半ほどを、私は国に徴用《ちょうよう》されて、芝浦にあった萱場製作所という航空機の部品をつくる工場ですごしたことがある。

そのとき、私は旋盤《せんばん》機械工になった。

戦争は激しくなるばかりで、戦闘機の精密な部品を海軍へ納めるこの工場では、一日置きの徹夜作業がおこなわれていたが、ここへ入ってみて、私は、自分の手先が、いかに不器用であるかを、はじめてさとったのである。

私が、はじめて当てがわれたのは、四尺の小型旋盤であった。まず、ジュラルミンの直径十センチほどの輪の中に、ネジを切る仕事をやらされたが、さあ、どうにもならない。同時に徴用された連中は、たちまちに卒業し、さらに、むずかしく細かい仕事へ進んでいるのに、私は三カ月もの間、この初歩的な仕事をおぼえるために苦しみぬいた。
さいわいに〔伍長〕と称する指導員で、水口さんという人が、どういうものか、私をねばり強く教えてくれた。この人は、徴用されるまでは、本所で小さな工場の主人だったのである。水口さんは、機械を、ひとりの人間としてあつかう。

「機械には、いのちがあって、そのことをバカにすると、とんでもない目にあう」

と、いうのだ。

「機械に飯を食べさせろ」ということは、「機械に油をやれ」ということなのだ。

「機械に化粧をしてやれ」というのは、「機械をたんねんに掃除し、ふき清めてやらぬと、こっちのおもうように動いてくれない」と、いうことなのだった。

私は、はじめ、水口さんのいうことをバカにして、ただもう自分の不器用さばかりを嘆いていたものだが……あまりに、うるさくいわれるので、掃除と油のことだけは念を入れてやった。したがって機械の細部にまで、目と手が行きとどくようになり、機械の調子が日々に狂わず、私の手さばきに歩調を合わせてくれるようになったとき、豁然《かつぜん》と、指先がうごくようになったのである。

手動の機械は、それをあやつる人間のこころと〔生活〕を、恐ろしいまでに反映するものだ。水口さんが「機械には、いのちがある」といったのは、機械を動かす人のいのちが反映するからなのである。まして、金槌《かなづち》やノコギリやカンナのような〔道具〕ならば、なおさらのことであろう。

こうして、私は、四尺旋盤の複雑な製品を消化し、工場内で小型旋盤ならば池波、と、いわれるほどになった。自慢をしているのではない。はじめの苦しみが長かったのがよかったのだ。このために、製品の図面への理解と機械の〔ごきげん〕をうかがうことを、私はおぼえたのである。

このときの私の生活が、現在、小説や芝居の構成をするときの基盤になっている。

職人の仕事は、理屈ではない。あくまでも感覚のつみかさねによって、すべてを理解し、見通さなくてはならない。

私の小説は、「何を書こう」ということが、たとえば道を歩いているときの一瞬のうちに決まる。その一瞬に、テーマも構成も決まってしまう。

むろん、形を為しているわけではない。さっと、白く、頭の中を通りすぎて行くだけだ。そして、原稿紙へ向かってからの苦しみは、また、別のものである。一瞬のうちに決まってくれさえすれば、ほとんど、最後まで書きぬくことができる。これはやはり〔職人の感覚〕ではないかと、私はおもう。

私の祖父は、母方のも父方のも職人であった。一人は宮大工の棟梁であり、一人は錺職である。その血が、たしかに、私の躰の中にながれていることを、五十をこえた現在、つくづくと感じているのだ。

道具なり、機械なりを、感覚をみがくことによって理解するというのは、感性のすぐれた日本人だけなのかというと、そうではない。

有名な詩人であり、初期の航空路開拓時代のパイロットでもあったフランスのサン・テグジュペリが書いた「人間の土地」というエッセーを読んだとき、まさしく私は、自分の同志を見出したおもいがしたものである。

第二次世界大戦の前までは、日本でも外国でも、メカニズムと人間の心が、「しっかりと、むすびついていた……」のである。

だが現代は、人間の感覚で理解し得ぬほどに、機械のメカニズムが発達（?）してしまった。

すると、職人のみならず、一般の人びとも手指や足先をつかうことが少なくなり、したがって肉体の機能は衰弱し、肉体の機能とむすびついている精神の感応も鈍化しはじめたのではないか……。

〔職人〕が、少なくなるわけである。

そのかわり、理論のみが発展（?）して、対立を生み、どこの世界にも、理屈と対立の様相が日毎に強く烈《はげ》しくなってきた。人間の特権であった豊かな感覚によって、物事を理解し、解決し、前進せしめる時代ではなくなったのである。

私は、何よりも、これを恐れている。それも年齢の所為であろう。

若者たちは、この時代に育ったのだから、そうしたことに思いをめぐらさぬのではあるまいか……。

そのことに、私は不安をおぼえている。

2

飛騨・高山

飛騨《ひだ》の高山へは、戦後も数度おとずれていたが、高山から富山寄りへ三駅ほどはなれた古川の町へ下車したのは二十余年ぶりであった。

町外《はず》れの宮川が荒城川《あらきがわ》に別れる、その川辺りにある旅館〔蕪水亭《ぶすいてい》〕の奥庭に面した離れの座敷へ足をふみ入れたとき、

「ああ……むかしのままだ」

私は、おもわず声をもらしてしまった。

二十余年前。

岐阜県・太田の町へ仕事で出張していた私は、海軍からの召集令が来たことを東京から知らせてきた母の電報をふところにし、ふかいふかい雪に埋《う》もれた飛騨の国をはじめて訪問した。

横須賀の海兵団へ入隊するまでに半月余のゆとりがあったので、私はゆっくりと諸方をあそびまわり、帰京することにしたのである。

すでに戦争は、日本にとって切迫した状態になってい、ろくに食べるものとてなくなっていたが、この〔蕪水亭〕へ着くと、中年の女中さんがあたたかくもてなしてくれ、豪《ごう》勢《せい》な鶏《とり》なべをしてくれたが、翌朝は次の間に切ってある炉端《ろばた》へ食膳をはこび、炉の火で焼き味噌をこしらえてくれた。

そのとき、私は生まれてはじめて、飛驒名物の焼き味噌を口にしたのであった。

火にかけた金網の上へ、大きな朴《ほお》の葉を敷き、この上へ糀《こうじ》味噌へ食油をたらしこんだものをのせ、わずかに砂糖を入れ、ネギのきざんだのを盛る。

香ばしく焼ける味噌とネギの匂いは、たまらなく若い食慾をそそった。

「焼き味噌を三年つづけると身上《しんしょう》をつぶす」

といわれるほどに、それはうまいものなのである。

その夜。私は二十余年ぶりに焼き味噌で酒をのんだ。地酒の白真弓《しらまゆみ》という辛口《からくち》もうまかったが、まさに焼き味噌は〔思い出の美味〕でなく〔現実の美味〕であった。

蕪水亭の表半分は焼失してしまい、戦後の建物だが、奥の離れが、むかしのままに残ってい、

(もう一度、生きて帰って来て、この焼き味噌が食えるだろうか……)

などと思いつつ、二十一歳の私が酒食した同じ炉端で、いま四十をこえた私が焼き味噌を食べている……ひとり旅だけに、ちょいとその、胸に感傷もにじんでこようという

ものではないか。

夕暮れの古川の町へ出て、柄にもなく、私は古道具屋で買い物などをした。古川の町は、まだ濃厚にむかしのおもかげをとどめ、しずかな山国の町の風趣にひたりこむことができる。車輛《しゃりょう》の騒音がないからである。白壁の造り酒屋の倉がならぶ川辺りの道に小手毬《こでまり》の白い花が夢のように浮いていた。

宿へ帰り、私は女中さんにいった。

「明日は高山へ行くけれど、ここへ、もう一度泊りますよ」

翌朝。

車で二十分ほどの高山へ出かけた。

小雨がふったりやんだりしていた。

古川の町を車がぬけると、すぐに国府《こくふ》の町へ入る。飛騨の国の文化は、まず、この国府からひらかれたといってよい。

朝廷が飛騨の国造《くにのみやつこ》を任命したのは成務天皇のころというから、現代《いま》より千八百年ほど前のことになる。国府の町には、いまも、そのころの古墳の跡が見られるし、山岳にかこまれた宮川沿いにひらけた高原盆地は、このあたりから高山市中にかけて、意外なほど豁然《かつぜん》とあかるい。

高山は……後年の戦国時代を経て、越前の大名・金森長近が、豊臣秀吉の命をうけ、本格的な町づくりをはじめたことにより、飛騨随一の城下町となった。

金森長近がきずいた高山城跡は市の東南・天神山にあり、いまも天守閣の礎石がのこっている。

この城山《しろやま》へのぼったとき、雨が上がり、穂高連峰など北アルプスの一部が、わずかにのぞまれた。雨あがりの青葉が城山をつつみ、むせ返るほどに強烈な香りをはなつ。

私は、また山を下り、町へ戻った。

高山の町のおもしろいところは、元禄五年に殿さまの金森家が、徳川幕府によって遠く出羽の上之山《かみのやま》へ移されてしまい、以後は幕府の天領として明治に至ったことであろう。

この期間が約二百年の長きにわたったため、城下町のおもかげよりも、むかしからの商業都市としての姿を色濃くとどめることになった。

さらに、宮川の西方一帯の山すそにならぶ古い寺院や、室町時代以来、この町の中心となった駅近くの国分寺を中心にした仏教都市として、高山は繁栄していった。

二十余年前の私は、この国分寺の東裏にあった遊廓《ゆうかく》で三日間をすごしたものである。

旅館のかわりに泊ったその娼家も、いくらか、旧態を残して現存している。

いまはみな旅館に転業してしまっているが、遊廓のかたちが昔をおもい起させる程度に残されているのは、なつかしいことであった。

若いころの私は、わらの雪沓《ゆきぐつ》を買って積雪の城山へのぼったり、町へ出て、アルプス亭という西洋料理店でチキン・ライスやチキン・カツレツを食べたりしたものだ。当時、物資不足の都会とちがって、この雪国の町にはあぶらののった鶏が豊富であったらしい。

そうして、三日間をすごすうち、泊った娼家のお女郎さんたちが、私の千人針をつくってくれ、

「だいじょうぶよ。あんたは生きて帰れるからね」

と、持たせてくれた。

国分寺をぬけて、またも宮川のながれにかかる鍛冶《かじ》橋へかかると、雨がふり出してきた。

橋たもとに小さな屋台を出している〔みたらしだんご〕を立ち食いする。高山へ来るたびのならわしである。こんがりと焼けた小さなだんごは、京都のそれのような甘味がなく、ぴりっとしたしょう油の味がだんごへしみこんで、実にうまい。

これは家へ持ち帰って食べるものではなかろう。

宮川のながれを境にして西側一帯は、国分寺の門前町として発展したところなのだが、建築もどしどし新しく変わり、日本のどこの町にも見られる通俗的な町なみとなってしまった。

それにあの、愚劣な電気看板や車輛のあわただしい往来……山国の小京都といわれる高山であるが、夏のシーズンともなれば、乗鞍《のりくら》やアルプス方面へ向かう観光客の自動車

があふれ返り、すさまじい様相を呈するという。

だが……。

宮川の東面一帯の馬場町や上一之町から三之町（合せて三筋町とよぶ）、下一之町から三之町という旧家が立ちならぶ町なみは、市当局も大切に保護しているとかで、格子《こうし》づくり町家のひとつひとつを見て歩いても〔美〕と〔強さ〕に鋭敏であった、むかしの日本人のすぐれた造型感覚に瞠目《どうもく》せざるを得ない。

このごろは〔民芸〕ばやりで、軒先に菅笠《すげがさ》や雨合羽《あまがっぱ》をつるした旅館なども出てきて、都会人がよろこんで泊るそうだけれども、民芸というものは、これ見よがしにすればするほど〔いやらしい〕ものとなることを銘記すべきであろう。

こうした古い町の一角に蕎麦《そば》やの〔ゑびす〕がある。

むかしのままの店がまえで、奥庭に面した入れこみの座敷へ上がり、わらびの煮びたしで熱い酒をのんでいると、突然、江戸時代に呼吸しているような自分を発見するのだ。

ざるに朴の葉をしき、この上に盛られた手打ちそばで飲むのもよい。

〔ゑびす〕と同じように、料亭〔洲《す》さき〕も、露骨な民芸趣味を売ろうとは決してしない。

〔洲さき〕は、江戸時代からの料理やで、山菜と川魚を主にした献立は、店の名がマスコミにのって有名になればなるほど洗練の度を加えて、サービスもいよいよ念が入ってる。

岩梨《いわなし》や竹の子、ぜんまい、小豆菜などの山菜や川魚の持ち味が遺憾《いかん》なく発揮されているようにおもえた。

私は消化薬をのみのみ、食べてまわる。

旅へ出るといつもこれなので、足の骨が折れるまで歩きつづけ、食べつづける。

平常、机の前からうごかぬ躰《からだ》は、みしみしと音を立てて鳴るようだが、こうしたひとり旅を三日もつづけると、全身に生気がみちあふれてくるような気がするのである。

雨はやまない。

二百八十円のビニールの傘を買い、〔洲さき〕で出された地酒の酔いをさましながら、またも町を歩きはじめる。

雨のおかげで、町も道も静まり返っていた。上下・両三筋町を歩いて感じることは、店がまえの装飾と、商家の軒先にかけられた〔看板〕の美しさである。

現代のアメリカ風のけばけばしい没個性の看板や装飾は、日本の風土には適したものでない。

それのみか、商売をする上にも、別だん効果的ではないのである。

東京や大阪のように、出来そこないのアメリカの都市のような街にはふさわしかろうが、地方都市の、ことに高山や金沢、京都のような街では却《かえ》って逆効果となる。

日本はなんとしても、小さな、せまい国土へ無鉄砲に採《と》り入れてしまったアメリカ文明を急速に整理しなくてはなるまい。

ロックフェラーが、「ぜひ、買いもとめたい」と熱望した高山の旧家・日下部《くさかべ》家は、市内の大新町にある。

このあたりは江名子川が宮川と合する地点で、町なみが別の美しさをもっている。江名子川の岸辺の桜並木の花どきのすばらしさは、「見たことがない人にいうてもわかりませんよ」と、町の人びとがいう。

日下部家は、明治初年に焼失したのを旧態のままに再建したもので、重要文化財に指定された豪家であり、いまは民芸館として開放されている。

五百坪に近い敷地へ、がっしりと建てられたこの旧家は、深い軒の下の格子窓や、内部の梁《はり》、束柱《つかばしら》の豪快な木造建築に至るまで、飛騨工芸のすばらしさをこころゆくまでに見せてくれる。

内部の展示場に置かれた日常の什器《じゅうき》や、千本障子、板戸にいたるまで、その古さは、現代のデザイン界に新しい呼吸を吹き返して着目されつつある。

何が古い、何が新しいという基準はない。新しいものは、古いものからしか生まれてはこないのである。

日下部家を出ると、雨はやんでいた。

私は、夕闇《ゆうやみ》のたちこめた町で、焼き味噌をのせる小さなコンロと金網を買いもとめた。糀味噌と朴の葉は〔蕪水亭〕でととのえてくれる筈であった。

飛騨と白山の両山脈にかこまれたこの高山の街へ、（一度、二十年前と同じような冬の……町が雪に埋もれつくしたかのようなころに来てみたいものだ）そうおもいつつ、私は車にのり、またも古川へ引返した。

夜、強い雨となった。

昨夜は、山菜を主にしたお膳が出たけれど、

「今夜は少し変えました」

と、中年の女中さんがいう。

献立、次のごとし。

鯛の松皮づくり
エビの吸物
なめこの山かけ
とうふのあんかけ
鯛のあら煮
ポーク・カツレツ

いずれもうまい。ことにポーク・カツレツなどは、大都市で名をほこる店のそれにくらべても独特な味があり、今日は一日食べつづけの私も、すべてぺろりと平らげてしまった。

　こうなると、温泉地などの大旅館の料理の、かたちばかりで中身は貧しい食膳とくらべてみざるを得ない。

　酒食の給仕をしてくれながら、女中さんは、

「私はもう二十年から、ここではたらいております」

と、いう。

〝ジャバが厭《いや》になったら飛騨に来い〟ということわざがあるほどに、飛騨の山国の人の情はあたたかいものだそうな。

　さらに〝高山男に古川女〟というのもある。

「明日の朝は、また炉端で焼き味噌をやりてえな」

「若いころをおもい出してね」

「うむ……ときに、東京へ持って帰る味噌や朴の葉は？」

「ちゃんと包んでおきました」

　翌日の昼前に、私は古川を発《た》った。

四時間足らずで、急行列車は名古屋へ到着する。

車窓からながめると、名古屋から飛驒をぬけて北陸・富山へ通ずる見事な舗装道路が、ほとんど完成していた。

この道を通って、車輛の群れが飛驒山中へ氾濫《はんらん》するであろう日も近い。

金沢

東京からの旅客が金沢駅前へ出て来ると、きまって「今日は日曜日だったか?」と、出迎えの人にきく、というはなしを、ぼくは金沢出身の知人たちから何度も耳にした。それほどに車輛や人の流れのひそやかな都市だったのだが、五年ぶりに、しかも冬は初めての金沢を訪れてみると、さすがに自動車はふえている。それでも五年前の約二・五倍だとかで、他の大都市にくらべては少なすぎるほどの増加率だ。

しかし、江戸時代から現代まで一度も戦災をうけなかった城下町だけに、せまくて曲折に富んだ古い道や家並みが車輛を氾濫させてしまうのである。

この古都が車輛の攻撃に必死の抵抗をこころみている姿は、いまのところまだ凛々《りり》しい感じさえする。

同じ古都でも、むしろ京都のほうが、いわゆる〝近代化〟の攻勢に対していじらしい。すでによろめきかかっているかたちだし、奈良や鎌倉は、もう暴力的に蹂躙《じゅうりん》されつつある。

「金沢も、トルコ風呂と温泉マークからは、まだ身を守っているな」

と、つぶやいたら中年の運転手が、

「前者には犯されていませんが、後者の方は、どうも……」

と、頭をかいた。

なるほど、粉雪がふりしきる街路の電柱には、つつましやかな「ホテル・〇〇」などという広告も見えたし、長町あたりの裏道にも、それらしきものが見える。毒々しいネオン看板をかかげないのは、業者たちが、この古都の圧力に、まだまだ首をすくめているかたちなのか……。

夕闇の中を、金沢から三里ほどはなれた湯涌《ゆわく》温泉へ向う。

いつの間にか雪はやみ、鎌のような三日月が山脈の頭上に浮いていた。

浅野川の上流、医王山の中腹に建てられたH楼ホテルは、戦前から知られた豪壮な宿で、玄関から、ぼくらが通された新館の部屋へ落ちつくまでが廊下を上ったり下ったり曲ったり戻ったり、部屋が何階にあるのか見当もつかなくなってしまう。

けれども、ひろびろとした部屋の暖房にぬくもっていれば、そこは北陸独自の女中さんのサービスが行きとどいており、つきっきりで、

「旦《だん》さん、旦さん……」

と、かしずかれ、

「ふん、ふん……」

と、こたえているうち、自然に入浴、食事というだんどりが、いとも快適にすすみ、廊下へ出ても迷子になることはない。

夕飯は、いまが食べどきの子ヅケ（タラの刺身に子をまぶしたもの）や、小イワシのすし、カニなどのほかに天ぷらや茶わんむしがつく。次の日に泊った市中の旅館でも献立はこの通り、三日滞在するうちには、さすがに飽きて来て、明日は帰京という日に、ホテルの食堂でステーキを食べたときには、

「ああ、生返った……」

と、同行のS記者が嘆声をもらした。

だが、市中の「大友楼」で三日目の昼飯を食べたとき、この店では加賀料理のおもかげを濃厚にとどめているとかで、ぼくらは堪能《たんのう》した。

蒔絵《まきえ》の盆に「鉢肴《はちざかな》」としてもりつけられた〈おにえずし・あまさぎの甘酢漬・かぶらずし・干口子《ひぐちこ》・玉子いびし〉など、味も色彩もあざやかなものだ。

色彩といえば、店の主の好意で特別に出された加賀雑煮《ぞうに》の美しさにも瞠目した。餅《もち》をかこんで椀《わん》にもられたセリの青、エビの赤、針ショウガの黄、黒豆の黒、という配色は、〝春夏秋冬〟をあらわしたものだそうな。

雨と雪が抱きすくめている風土に生きて来た金沢人の、色彩への強烈な憧憬が料理に

も具現されている。これが加賀料理の哲学なのであろう。

金沢から湯涌を抜けて山越えに美濃へ出る道を、むかしは〈隠密街道《おんみつ》〉とよんだ。加賀藩隠密の出入口というわけである。

江戸幕府の方でも、金沢を見張るためにもうけた隠密宿があったらしい。金沢でも著名な菓子の本舗がそれで、この宿の主人（幕府隠密）は代々金沢に住みつき、江戸との連絡を絶やさなかったという話をきいたことがある。

その菓子屋へ行って、たしかめようと思ったが「そんなことはない」とでもいわれては、折角のイメージがくずれてしまうので、やめにした。

近年、評判になっている忍術寺というのが、市中の寺町にある。この「妙立寺《みようりゆうじ》」という寺は藩主と密接な関係にあったというのだが、

「とにかく面白いらしいですよ」

と、支局長にいわれて出かけた。

小さな古びた寺だと見えたが、本堂から庫裡《くり》を案内されて行くうちに、隠し廊下、階段、多種多様な仕掛けをこらした部屋部屋が次々に出現し、その変幻《からくり》は、まさに本物だった。

ぼくも種々の「忍術屋敷」と称するものを見てきているが、これほど興味と興奮をそそられたことはない。

案内の住職が、淡々と、

「ここにも隠し戸が……」

と、開いたとたん、道（？）に迷ったMカメラマンが、黒のアノラックにスキーズボンという忍び装束《しょうぞく》そのままの姿でポッカリ浮出したそのとき、

「あ……」

思わず、ぼくが声を出したほど、この異様な建物には何か無気味な現実感がたちこめている。

階数にして七階、戸棚も畳《たたみ》も床も天井も仕掛けだらけ。よくも、この寺内のせまいスペースにおさまったものだ。

寛永二十年の建築だというのは、どうかわからぬが、江戸幕府と大名たちのすさまじい暗闘の歴史を考えれば、この寺が単なる数寄《すき》者の遊びではないことは、一見してうなずける。古い城下町には、ふしぎなものがあるものだ。

外へ出ると、粉雪がミゾレに変っていた。

自動車で縦横に市中をまわる。

長町あたりの長土塀もこわれ始め、そろそろブロック塀に変りつつあるが、それにしても、残存する古き土塀を、住む人は丹念に「雪がこい」をかけ、いつくしんでいる。

それだけに金沢の町は日本に数少ない古都の中で最も変貌の度合いが遅い。

どこの都市にもある商店ビルやネオン看板が立並ぶ「香林坊《こうりんぼう》」の繁華街などは別として、金沢人が自分の町を、どのようにつくり変えて行くか……。市当局も、河北潟を埋めて新しい港をつくり、工業ニュータウンをつくる計画をすすめているし、中部横断道路も開発されるということだ。江戸時代からの瓦《かわら》屋根が、まだビクともせずに櫛比《しっぴ》する金沢も、いずれは変貌を余儀なくされよう。

そのときが、見ものである。

(まあ、ゆっくりやってくれ)

ぼくは車にゆられながら、つぶやいた。

スピードと没個性一色にぬりつぶされた現代日本の〃近代化〃に、まだ掛け売りが通用しているほどの金沢がどう立向うか、これはおもしろい。

味噌蔵町の大樋《おおひ》焼・窯元《かまもと》を訪問したとき、九代目現長左衛門氏の好意で、初代長左衛門の作を、三点ほど見せてもらった。

初代は寛文のころ、五代藩主・綱紀《つなのり》の招きに応じ、京都から金沢へうつり、命によって茶器を焼いた、これが大樋焼の始りである。従前の楽焼から脱皮しようとした初代の意欲は、その豪快な「水差し」に最もよくあらわれている。

やきものなどには無知なぼくが、その闊達《かったつ》な独創と雄渾《ゆうこん》無類《るい》ともいうべき造型美に打たれ、しばらくは茫然《ぼうぜん》となったほどだった。

　初代が招かれたころ、名君といわれた前田綱紀によって加賀藩は、金沢城下は名実ともに百万石のスケールをそなえるに至った。

　政治も工芸も産業も、現在、金沢に残る文化の一切が、このときにととのえられたといってよい。そのころの総合的な町づくりが、どのようなものであったかは、初代作の水差し一つ見てもわかることだ。

　現大樋邸は、もと藩の典医（二百五十石）のものだそうで、うるしぶきの天井、鴨居《かもい》、柱など小ゆるぎもしない強靱《きょうじん》な面《つら》がまえである。この家は、もう百何十年も生きてきたし、おそらく、ぼくなどが死んでしまっても人の手が打ちこわさぬかぎり、生きつづけて行くことだろう。

　雪がこいに包まれた邸のうす暗い客間で、うす茶と柚子《ゆず》の香のする菓子を馳走になり、蒔絵の煙草盆に灰を落していると、何だか疲れて、もううごきたくなくなってしまった。

　長左衛門・年郎父子の案内で、アトリエに入ると、柱の半紙に長左衛門氏の筆で、「梅咲くや、お庭そとなり、福は内」とあった。

　帰京の前日も雪だった。

　粉雪がたちこめるかと思うとミゾレになり、そのうち、はるかな山稜の一角に雲間から落ちかかる陽ざしが明るくかがやき、さっと青空がのぞく。

そのうちにまた灰色の幕が道を、屋根を川を包み、今度は一面に綿雪が舞いはじめるのだ。

兼六園は雪よりも、ぼくは桜のころが好きだ。この名園も雪景色になると意外につまらなかった。雪は、つまらぬ風景をも美しく見せるかわり、美しい風景をも平凡にしてしまうものである。

それよりも園内にある成巽閣《せいそんかく》へ入り、十三代藩主斉泰《なりやす》の母・真龍院の隠居所だったという、この「御殿」の結構《けっこう》をたのしむことにした。

建築といい、中に展示された古美術品には、加賀の伝統を誇る工芸美が遺憾なく発揮されている。

ぼくには二度目の成巽閣だったが、障子の腰にはめこまれたガラス絵が廊下の光をうけたとき、くっきりと極彩色の鳥の絵柄を浮びあがらせたり、火打石を利用した銀のライターなどを新たに発見したりした。

金沢城を、犀川を、浅野川を、卯辰《うたつ》山を、変化する雪の中に見てまわる。

「生れてからずっと金沢にいて……それでも、浅野川のながめだけは飽きません」

と、宿へ訪ねてくれた知人がいったが、卯辰山の裾《すそ》を、例の「ごりや」の前まで行き、そこから常盤橋を通して対岸をながめると、霏々《ひひ》として降る雪の中を振り売りが荷を担いで木の橋をわたって行き、対岸の古びた家並みが灰色に沈み、そこには〝江戸時代〟

以外の何物でもない風景が在《あ》った。

　市中へもどると、また雪はやんだ。

「ひがし廓《くるわ》」の花街の、前夜よんだ芸妓の家の格子窓を通して雪を撮ろうというMカメラマンは、大友楼で酒をのんでいるぼくらの前から何度も姿を消した。撮ろうとして駈けつけると雪がやんでしまい、あきらめて帰って来ると、また激しくふり出すからだ。

　夕景、金箔《きんぱく》の製造工場へ行く。

　むかしは眠気をさそったという箔叩きも、いまは機械で叩く。金沢の代表的な産業ではあっても、騒音に対する市民の陳情は後を絶たぬ、と組合長がこぼしていた。

　吹く息一つで金箔をあやつり、うす紙にはさむ作業を見ていると、主人が言った。

「箔をあやつるには、息をころして、しかも生かさにゃなりませんので――」

　熟練した職人は金箔の一厘《りん》の重味を目ではかるという。

　友禅《ゆうぜん》や象嵌《ぞうがん》などの産業がほろびかけている現在、箔業は尚《なお》さかんで、

「金の中で暮しているのは、いい気持でしょうな?」

　と、つまらぬことをきいたら、主人は、にっこりして、

「金箔業者は、みな長生きをしとります」

　と、こたえた。

　金粉を吸いこんでいると躰にもいいのだそうである。

最後の夜は、駅前のMホテルへ泊った。

三人で雪が吹きつける夜の町へさ迷い出て、当途《あてど》もなく歩きまわった。

郷土玩具の蒐集家《しゅうしゅうか》でもあるMカメラ氏は、古くから金沢につたわる「旗源平《はたげんぺい》」という遊び道具をさがしまわり、ぼくは古本屋と古道具屋へ首を突込み、S記者は、しきりに「明日の駅弁は、どこのがいいかな」と、つぶやきつづける。

「旗源平」は、ついに見つからなかった。近年は、こんな遊びをする子供もいなくなり、製造もあまりやらず、ところが、どこかの新聞で近ごろ「旗源平」の記事が出たらどっと売切れてしまったらしい。

Mカメラマンはがっかりしたが、ぼくは古道具屋で古い加賀人形を三つ買って満足だった。いずれ城下の子供たちが所有していたものだろうが、手垢《てあか》と埃《ほこり》にまみれたこの人形は、三つ一組になっており、どの童子の顔も生き生きとした表情にあふれ、しぶい色調にぬりこめられた着物の下に、可愛らしい肉体が躍動している。

いま、市内の店頭にならぶ加賀人形を横から後からながめたら、もうダメである。ただの土のかたまりにすぎない。

だが、おそらく江戸末期のものと思われる古い加賀人形は、どこから見ても作者の丹念な技術と、人形へかけた愛着がにじみ出していた。

翌朝、快晴となった。

金沢駅で買った「どぜうの蒲焼弁当」は味な駅弁で、三人とも大満足でこれを平らげ、車窓を通して来る陽光のあたたかさに思わず眠りこけ、起きたら直江津近くの海が、海流を三つの色調に分けて見えた。

駿河路

駿河は、静岡県・東半部の旧国名であるが、同じく遠江・伊豆をふくむ静岡県人について、こういう寸評があるそうだ。

「……食べるに困ったとき、遠州人は泥棒になるし、伊豆の人は詐欺《さぎ》をする。そして駿河の人は乞食になる」

遠江・伊豆はさておき、駿河人を諷《ふう》したこの言葉には、つまり、国がゆたかなので、乞食をしてもじゅうぶんに生きてゆけるという意味がふくまれていること、いうをまたない。

富士・愛鷹《あしたか》の両山と、甲斐《かい》（山梨県）の国境一帯を埋めつくしている山脈から駿河湾へそそぐ河川は、沿岸の平野を潤し、日本屈指の気候温和な地であるから、

「駿河へ一度住んだら、もう足がぬけなくなります」

いまも、この地に住む人びとはそういう。

私の友人の中にも、転勤した静岡市を終生のところときめて老後のための家をかまえ

てしまい、次の転勤には家に妻子をのこし、単身で赴任《ふにん》して行った男が二、三いるほどだ。

私は何度も駿河をおとずれているが、しかし一向に、現代のこの土地のよさがわからない。

東海道は車輛の洪水で、排気ガスが充満しつくし、駿河湾沿岸につらなる工業地帯の煤煙《ばいえん》は、年毎に密度を増すばかりだ。

これほど、山海の収穫にめぐまれた土地はめったにあるまいが、海から獲《と》れたばかりの新鮮な魚介は先《ま》ず東京や大阪などの大都会へ送りこまれてしまい、

「こちらのすし屋でつかう上等の魚は、東京からの逆輸入ですよ」

と、いうことになる。

物価も高い。

名実ともに、駿河が東京の衛星地帯となる日は近いのである。

東京から静岡まで、旧東海道で約一八〇キロ。むかし、旅人は宿々の泊りをかさね、五日から六日をかけて歩いたが、現代は新幹線で約一時間二十分。この稿が活字になるころには開通する筈の「東名高速道路」は二時間で自動車をはこぶそうだ。

先の「名神高速道路」といい、今度の「東名」といい、戦後のわが国の路線建設技術のすばらしさは瞠目すべきものがある。

それでいて、人間の歩む道は日毎にせばめられ、車輛に圧迫された人の血が間断なくながれつづける。日本の現代こそは種々の公害をふくめて、未曾有《みぞう》の「殺人時代」といってよい。

この「殺人時代」に、先ず政治家が麻痺《まひ》し、国民がそれにならいつつある。

人間の機能は、まだ原始のころからの形態から少しもぬけ出てはいない。

新鮮な水と空気を必要とし、食べてねむり、排泄し、交接し、子を生み、育てるという古来からの形態から一歩もぬけ出してはいないのである。

人間が住まぬ国土は無い。

ならば人間が最小限に必要とするものをあたえるのが国家であろう。

A記者とBカメラマンと共に、今度、駿河路をおとずれた私は、静岡市での一夜、この地の大学生で学生運動に参加しているというM君に、

「どうだろう、人間に新鮮な水と空気をあたえよ、人間が安らかに歩める道をあたえよ……という学生運動をやったら」

こころみに問うたところ、M君は、

「ほんとですけどね、それは……でも、それじゃあアピールする何物もないことになるんです」

と、こたえた。

日本平の頂上に出来た豪華なホテルの窓から展望した清水湾の景観は美しかったが、翌日、清水市へ下って、ある「そば屋」で天ぷらそばの昼食をとり、その店の表口を飾っている業平竹《なりひらだけ》の植込みを見て、

「なんだ、枯れちまってる……」

おもわず、私がつぶやくと、通りかかった店の人が、

「空気にバイキンがあるんですよね」

と、いった。

駿河は、文字通りの「海道筋」である。

めぐまれた資源と気候によって、古代からこの地には人が住みつき、古墳時代の族長的な小国家は、かの大化の改新の後、遠江・駿河・伊豆の三国に統合された。

後年……。

源頼朝を中心にした東国武士が鎌倉幕府を創始し、天下を制したエネルギイの大きな一翼を駿河の国は担ってもいるのだ。これみな駿河の地の富があればこそであったろう。

さらに……。

源氏から北条氏へ引きつがれた執権時代は、当時の新興宗教であった日蓮宗《にちれんしゅう》を生み、これが現代の創価学会の本山・大石寺《たいせきじ》（富士宮市）へつながる。この一点において、駿河は一種ふしぎな歴史の継承を見せているのだ。

天下の覇権が北条氏から足利氏へうつるころ、遠江・駿河の両国は、足利氏の一族・今川氏の領有するところとなり、以後、戦国時代に至って今川義元は伊豆の国をも制し、群雄割拠の一大勢力となった。

今川氏の菩提《ぼだい》寺である臨済寺は、いまも静岡市の賤機《しずはた》山のふもとにのこっている。徳川家康は少年のころ、今川家の人質となって、この寺に起居して、彼が勉学にはげんだとつたえられる小さな部屋も寺内にある。

私たちが、この寺へ来たとき、菜種梅雨《なたねづゆ》にぬれた庭園は紅椿がさかりであった。人気も絶えた臨済寺の庭は奥ふかい山林を背にしずまり返ってい、芽吹き直前の樹々のにおいは早くも春を告げている。左様、ここには季節がまだ存在していた。

「ここだけは、日本だなあ」

Bカメラマンがシャッターを切るのも忘れ、しみじみとつぶやく声を、私はきいた。

駿河の「海道筋」に、日本はない。

猛獣の叫びに似た車輛の騒音と排気ガスが渦《うず》を巻いている「変形したアメリカ」が、そこにあった。

広漠たる国土に生まれ育った「文明」を、その何十分の一かの狭い国へ狂気のように吸いこんでしまったわれわれの国の喘鳴《ぜんめい》以外の、それは何物でもない。この喘鳴の中には機械のそれと人間のそれとがまじり合っている。おびただしい道路の建設によって、いったいどちらの喘鳴が消えてゆくのだろうか……。

　ところが……。

「海道筋」の喘鳴の中に、私たちは奇妙な静けさを見出すことになる。

　それは、C化粧品の工場であった。

　ひろびろとした敷地へ、ゆったりと建てられた工場や事務室には、人影もまばらなほどで、多種多様な化粧品の香りが便所へもただよってくる。

　化粧品の工場というものが、このように静かなものとは知らなかった。

　手づくりの良質さを強調するこの会社では、労務管理のゆきとどく範囲内でしか社員を入れぬという。化粧品というのは軌道に乗りさえすれば利潤も大きいといわれているけれども、

「会社《うち》では社員旅行というものをやらないんです。年に一度……円を支給して休暇をとらせ、それぞれ好きなところへ旅行させます。むろん行きたくない人は旅費を自由につかって休めるわけでしてね」

　と、C化粧品の常務W氏は余裕たっぷりな口調でいった。

　食堂へ入り、その日のメニューで昼飯をよばれた。

　ふっくらと仕上ったマカロニ・グラタンと、やわらかいパンである。

「おいしくなければ社員は食べてくれません。給食をしても無駄になるわけですから、

うちでは静岡市内のDレストランのコック長を引きぬいてきて主任に当てました」

と、常務。

なるほど、グラタンの味は結構なもので、折から昼食のベルと共に入って来た社員・工員たちは、今日のメニューのほかに、米飯も、昨日の残りのうどん汁も思いのままに盆へのせ、若い食欲を旺盛《おうせい》に発揮しはじめた。

どの顔も、ゆったりと落ちついてい、しかも人間の生気にみちている。

「女性は結婚でやめますが、男のほうはね、一度入社すると決してやめません」

またも常務の声であった。

私は、C化粧品の経営や労務管理に感動したわけではない。

ただ、物を入れる「容器」について考えさせられただけである。

マカロニ・グラタンを入れる白い皿も「容器」なら、人間と、それに附随する生活を入れる建物や国土も「容器」だと考えただけのことである。

約二百六十年もの間、日本を統治した徳川幕府の基盤は駿河に在った、とさえいわれている。

三河の小大名から成り上った徳川家康にとって、遠江と駿河の二国は文字通り、血で血を洗う苦労をかさねてかちとった国である。

今川氏がおとろえてのち、家康は甲州から侵入する武田信玄の圧力に歯を喰いしばって耐えぬいたものだ。

後年、豊臣秀吉の天下統一が成ったとき、家康は関東（江戸）へ追いのけられたわけだが、秀吉は、京と関東の中間にあって政治・戦略の上から重大な意味をもつ駿河・遠江の地の経営にちからをそそぐことを忘れたかのように、朝鮮出兵の無謀きわまる「大事業」に熱中してしまうのである。

駿河・遠江の国へ、豊臣勢力の確立をはかっておかなかったため、秀吉の歿後《ぼつご》、豊臣の残存勢力は、関東（徳川家康）の進出に対して、微妙・複雑におくれをとってゆく。豊臣を討滅した家康は、ここに関東（江戸）と駿河とを結実させた。東海道という当時の幹線道路が完成を見たのは、このときであった。

二万トン級の巨船が接岸できるという清水港をはじめ、焼津、由比、田子浦など大小の漁港を所有し、日本一をほこる特産品が、五十をこえるという静岡県は、さらに、富士・箱根・伊豆という三大国立公園を我物としているのだ。

県財政は日本第四位の高位をしめているし、自主財源も四〇パーセントから四五パーセントをほこる。

「生活保護の受給者は全国で最低でしてね」

と、県の広報課のO氏は夕飯を共にしたYホテルのロビイで、にこやかに語った。静岡に住んでいると、「静岡ボケ」いわゆる「S《エス》ボケ」になるというし、

「避寒移動といいましてね。冬になると、わが県下には全国から浮浪者があつまって来るんです」

と、O氏。

子供たちは、バスに乗って富士山へ、

「雪を見物に行こうよ」

などと、いう。

なるほど、ながい間をじっくりと住み暮してみれば、

「もう静岡をはなれられなくなる」

のかも知れない。

「飛びぬけてどうということはないんですが、小福《しょうふく》の家庭が多いのですよ」

O氏はいった。

もしかすると、そうした「小福」の家庭料理に、めぐまれているためなのだろうか……

駿河の町のレストランや料理屋の食べものは、

「まったく、これといったものがないんですなあ」と、O氏もみとめるところのものだ。

一流ホテルの食堂では、黒こげのトーストに、これも焼けすぎて黄味のかたまりきったフライ・エッグを出してくれる。

だが、役所や会社や、小さな土木工事場で出す一杯の茶が香り高いのは、さすがに駿

河の国ではある。

O氏いうところの「小福の家庭」では、東京へ移りたがる次代の若者を引きとめるために、

「先ず自動車を買いあたえなくてはならんのですよ。ですからもう車は増えるばかりでして……左様。県として、いまもっとも悩んどるのは、やっぱり交通対策なんですなあ」

O氏の言葉を裏書きするかのように、Bカメラマンは、茅ケ崎から静岡まで約六時間を費やしてホテルへ到着した。

由比・蒲原間の五キロに三時間もかかったのだそうな。

静岡市を去る最後の日……。

私たちは、安倍川畔の名物「あべ川餅」を食べに出かけた。旧東海道の往還を前に、すさまじい車輛騒音と埃をあびつつ、この小さな茶店では、いまでも、注文の餅をいちいち手づくりにして出す。黄粉《きなこ》と餡《あん》と、わさびじょうゆの三種、一人前が百円であって、土地の人びとの中にもファンは多いらしい。

このあたりは、むかし駿府《すんぷ》（静岡市）の城下町を出外れた田園風景で、広重の東海道五十三次の「府中図」には松並木の街道をやって来る旅人たちを迎えて、茶店の女が安倍川餅をついている。

そして私たちは、ここからBカメラマン運転の自動車で、東海道を引返すことになっ

た。

清水市（江尻《えじり》）から興津へ……。

三保《みほ》の松原、久能山、清見ケ関の名所も、どんよりとした雨空の下に在って、駿河名所の富士山の点景を欠くことになった。

雨空と曇天つづきのため、東名高速道路へ富士を点景にしようと張り切るA記者とBカメラ氏は、ここ数日間「海道筋」を東奔西走、ついに会心のシャッターが押せなかったため、締切りギリギリの翌日も出動するという。

広重は、興津川の渡しを人足の馬と駕籠《かご》に乗ってわたる二人の相撲とりをユーモラスに、のびやかに描いているが、私たちの車は、いつ、川をこえたかも知らず、車輛のながれの中をかきわけて行く。

でも、興津の町は一歩裏側へまわると、まだまだ戦前のおもかげを濃厚にとどめているばかりか、古き駿河の国をしのぶに足る風趣をのこしているようだ。

興津から由比へ……。

往昔の難所・薩埵峠《さったとうげ》のすそを、国道は右手に駿河湾をのぞみつつ伸びている。

名所記に、

「……さった峠の下にて、海女どもあわびをとる。親知らず子知らず。此処は左の方は山にて高く、右は大海なり」

と、ある。

このあたりの名物は「さざえの壺焼《つぼやき》」で、私も最近に執筆した小説のラスト・シーンで、これをつかったものだ。ちょいと抜粋してみようか……。

「……粂八と酒井が薩埵峠をこえ、峠ふもとの〔柏や〕という茶店の前を通りぬけようとしたとき、街道前の腰かけで、名物のさざえの壺焼をつつきながら温和《おとな》しげに一本の酒をのんでいた旅の老人が、ひょいと顔をあげて粂八を見た」

また、さらに想像を加えて、

「この日。風絶えた小春日和《びより》で、茶店の傍の植込みに八手《やつで》の花が毬《まり》のような、小さく白い花をつけていた」

などと書いている。

「先日、私はこのあたりの食堂で、さざえの壺焼きを食べて、おどろくじゃありませんか、……円もふんだくられました」

車窓から外をながめながら、A記者は、いまいましげにいった。

車輛の洪水は尚も絶えなかったが、吉原をすぎるころから、そのながれはかなりスムーズになった。めずらしいことだそうである。

Bカメラ氏は、日本屈指の名ドライバアだとかで、なるほど運転は巧妙をきわめていた。

この人のはなしをきいていると、巧妙な自動車の運転というものは、自動車の機械に運転者「人間」の精神《こころ》をたたきこまなければ出来得ぬものだということが、よくわかる。機械というものは、むろん人間が生み出したものなのだが、これをつかいこなすためには、無表情な機械に使用者が彼自身の反映をしかと見《い》てとらねばならないのである。

そのとき機械は、はじめて人間の物となり得るのだ。

「明治百年」で、やたらにさわがしい今年だが、明治維新は特権階級の革命であって、政権の交替がおこなわれただけのことなのである。以後の百年は、むしろ旧封建時代に国民のものとなっていた倫理・道徳が良《あ》きにつけ悪しきにつけ、百年の日本をささえて来たようなものだ。

人間の世界などというものは、むかしと少しも変らない……と、いいたいところなのだが、ここ数年来、科学と機械の恐るべきエネルギイが、われら日本人を得体の知れぬちからで変革しつつあることを、知るものは知っていよう。

よいことなのか、わるいことなのか……。

結果は今後の百年を経なくてはわかるまいが、これは国民のすべてにおよぶ一種奇妙な「革命」であるといえぬこともあるまい。

刀や棒切れをつかんであばれまわるのとは違うのだ。機械・科学の文明によって「情緒」を破壊された人間が機械をあつかうのである。

霧の箱根をこえ、夜ふけの東京の一隅にある細い道にかこまれた小さな我家へもどると、新聞とテレビが、自分でひき倒した若い女性をそのまま車へ乗せて遠くへはこび、乱暴の限りをつくした上で扼殺《やくさつ》し、その死体を捨てて逃走したらしいというニュースをつたえていた。

近江の秋

数日の閑暇《かんか》を得、朝早い新幹線で東京をたつと、三時間後には早くも近江の国の米原に立つ自分を見て、なんともいえぬ「ためいき」のようなものが出てくる。

これは、いつもいつも机の前にすわりつづけ、むかしの書物を相手に、人間の足が一里一里をふみしめ、長い苦労の後に目的地へ達するありさまなどを小説にしているからだろうか……。

関ケ原の古戦場も、秋がいちばん美しい。

あたたかい秋びよりの近江平野から、西北に伊吹の峰をのぞみ、南北の山系と西の今須山にかこまれたこの小盆地へはいると、血のような紅葉をちりばめた山野には冷雨がけむっている。かとおもうと雲がうごき、風きたって、中天から白い陽光が落ちかかってくるのだ。

あの天下分け目といわれた決戦場のおもむきは、いまもなお、歴然とのこっている。

おそらく日本の国土の古戦場の中でも、関ケ原は、その原形をとどめている意味においいて屈指のものといえよう。

すでに勝利をおさめた徳川家康に向かって、猛烈果敢な退却戦をいどんだ薩摩（鹿児島県）の島津義弘の戦跡を見物するため、毎年鹿児島の高校生が修学旅行にやってくるという。彼らは島津軍の勇猛な敵中突破の退却路をそのまま烏頭《うとう》坂をこえ、徒歩で行くのだという。

いかにも鹿児島の高校生らしいし、そうした教育のありかたも好ましい。

歴史というものは、こうしてこそ人のこころに植えつけられるものなのであろう。

関ケ原から彦根へ出て、旧藩のころ槻《けやき》御殿とよばれ藩主の下屋敷だった楽々園で夕飯をすまし、庭園（玄宮園）つづきの八景亭へ泊まった。

彦根には、まだガスもひかれていず、水道もようやく近年通じたほどで、この旧態を濃厚にとどめた宿の一室にいると、われわれは、まったく百年前の空気にひたることができる。

こうして、機械と科学の文明の影響を極度に排した場所と時間の中へ身を置くと、自分の肉体の諸器官が生き生きとうごきはじめるのが、はっきりと感じられる。

清浄な水と空気を、現代文明が自由自在に生み出すことを得ぬかぎり、まだ原始のかたちのままの人間という生きものは、わが身の感能をすりへらしてまで、機械や科学を無条件で信頼するわけにはゆくまい。

翌朝。

何度目かの彦根城をまわって歩いた。彦根ほど、旧城郭の跡が、そのままにのこされている城下町もあまりない。これは関ケ原の古戦場とおなじ意味においてである。城といえば、石垣と天守閣のみというのが、いまの日本では当然のようにおもわれているけれども、石垣のすべてに櫓《やぐら》を再建し、出来うるなら城郭内の諸建築も往昔のごとく再建したなら、さぞおもしろかろう、などと、時代小説を書いている私は思ってみたりする。

そうした意味で、近ごろの快挙は犬山に出来た明治村で、あのひろびろとした野外へ、不用となった明治の建築物が諸方からあつめられつつあるということは、最後の一線で、明治という時代と歴史を、むしろ即物的にくいとめ、これを後世につたえていることになる。

その夜も八景亭に泊した翌朝。

身がひきしまるような、晩秋の庭園からながれこむ冷気の中で、薪《まき》でたいた飯《めし》と汁のうまさをいまさらにおどろきながら、彦根の古城図をひろげて見ながら、女中さんのおひろさんに、

「彦根は変わらないねえ」

いうと、おひろさんは、

「変わるところだらけの世の中なんですから、変わらないところもなくては、人という
ものも息がつけますまい」
と、こたえてきたものだ。
なるほど、持続の美徳は、人間の本性が熱望するところのものであったはずだ……と、
おもいつつ、その日に京都へはいると、友人たちがくちぐちに、
「知り合いの人たちに、ムチ打ち病が激増してますのや」と、私に告げた。

旅と私

昨日の日記には、相も変らず毎日のごとく、
「オール」74枚完。新聞2回分
若乃花、久しぶりに柏戸を破る。
(朝) 野菜スープ
トースト二片
コーヒー二杯
(夕) ポークカツレツ
生野菜
ウイスキー
たたみいわし
なめこ味噌汁
飯一杯

と、こんなことばかり書いて、一日が終る。

東京にいるときは、ほとんど外へは出ない。映画は月に二、三十本見るが、それも歩いて五分とかからぬ近くの商店街にある四つの映画館で、内外の映画はほとんど観賞出来る。それと、駅前の書店へ毎日本を買いに出かけること位が、外の空気を吸う日課と言えば言える。

あとは、読み、書いて一日が終える。それでも、夜更けにひとり起きて額《がく》の画をとりかえたりしていると、もう私はしんしんと楽しくなってくる性分なのだ。けれども、私は、月に一度、かならず旅に出ることにしている。いかなることがあってもだ。

去年の暮に、北九州をまわって来た。

長崎・平戸・唐津と、この三つの土地がもっとも印象にふかく残っている。たとえば秀吉が朝鮮出兵の本拠とした名護屋城跡など、頭にえがいていたものとは全く違っていた。

烈風が吹きつけ雨がたたいて来る本丸跡の石垣の上に立っていると、何時間でも、そこにいて飽きない気がして来る。理屈ではなしに、豊臣秀吉という人物が自分の眼でつかまえられたような気がしてくる。

こうした旅の見聞が重なってきて、それが、何カ月か何年か先にひょいと書けるようになってくるものだ。

執筆に当っての調査のための旅はむろんするが、ばくぜんと出て行く旅の方が後になっての収穫は大きい。

旅行中は、私も足を棒にして歩きまわる。ふだん、机の前でちぢこまっていた躰の肉も骨もミシミシと音をたて、私を苦しめるが、二日三日たつうちに、躰は精気をとりもどし、ハツラツと動いてくれるようになる。

そして旅は、日本という国が、人が、決して大都会中心のマスコミによって表現されるようなものではないということを骨の髄《ずい》まで私に知らせてくれるのである。

今度の旅でも長崎や平戸に住む人々には、日本がもつ高い文化の香りがまだたっぷりと残されていた。

日本人というものは、このように好ましく立派な人間なのだということをしみじみと感じさせられる場面に何度もぶつかる。

たとえば、長崎丸山の料亭「花月」へ行ってみれば、名もなき旅人に対して、そこのもてなしのいかに温く、いかに良心的で、いかにこころよいか……。かつて勤王志士たちが暇さえあれば長崎へ来たがったわけもうなずけようというものだ。

たとえば、平戸島の小さな町の喫茶店へ入ってごらんなさい。

「パイン・ジュース」と注文する。

むろん、ジュースはシロップをうすめるのだが、これを丹念に氷片と共にシェークし、ブランディをたらすという手間をかける。これでいくらだと思います? 五十円であります。清潔な蒸しタオルもちゃんと出る。東京の喫茶店のサービスとくらべて、その違いがどんなものか、誰にもわかることだ。

東京という都市の変貌については、それなりの理由もあることだし、もう、東京生まれの私もあきらめている。

しかし、地方の市や町や村が〔東京〕にならないかぎり、それを忘れた小説は書くまいと、私は思っているのであります。

旅日記

志賀から伊那へ

×月×日

来年早々に始まる週刊誌の連載小説のための取材に信州へ出かける。

ひるすぎの列車で、夕景に長野着。

定宿の五明館へ泊す。

女中・おときさん、六十をこえたが、まことに元気だ。私が、この宿へ初めて泊ったとき、おときさんは四十をこえたばかりだった。その二十年に近い歳月が、まるで夢のようにおもわれる。

「あっ……」

というまに、すぎてしまったような気がする。

これからの二十年も同様であって、以後の二十年がすぎるころには、

(おれも、死ぬのだな……)と、夕飯の膳に向いながら考える。

まったく一個の人間の一生などというものは、はかないものなり。夜、冷える。

よいあんばいに、明日は雨がふらぬらしい。

×月×日
昼近くなって、ゆっくりと宿を出て、タクシーで奥志賀高原へ向う。

湯田中から山路をのぼるにつれ、樹々の緑が冴え冴えと若返って行くのが、はっきりとわかる。

高原は、まだ新緑なのだ。

夏鶯が、しきりに鳴く。

連休のシーズンが終って、梅雨へ入ろうとする直前の、いまの季節が、信州はもっともよい。

人出もなく、山も川もしずまり返り、夏のシーズン前の、つかの間の静寂がある。

車も混まぬから、旅程も快適にはかどる。

地図をひろげ、諸方をまわりつつ、午後六時に、奥志賀のホテルへ着く。

「オフ・シーズンですので、サービスが行きとどかぬところもございますが、おゆるし下さい」

と、フロントでいわれた。

なるほど、食堂には私一人。

そのために、夕飯のメニューに記されたものをすべて用意するわけだから、なるほど、この商売も大変だとおもった。

夜ふけに、すさまじい雷雨。

×月×日

朝起きると、雨はやんで、うす陽がさしている。

岩燕が、食堂の軒下へ巣をつくり、群らがって飛びまわっているのが窓ごしに見える。

タクシーが九時半に来る。

今日は終日、吾妻、白根から草津の向うまで車を走らせ、それから山を下り、松本へ出て、さらに長駆して伊那路へ入り、高遠まで行く。

古い城下町のおもかげが、山峡のすぐれた景観の中に、まるで夢の世界のごとく残されている。

町外れの小さな人造湖のほとりにある町営の宿へ入る。ここも、オフ・シーズンなので客は三組。

食堂で、チャーシュウメンなどが出来て、なかなかおもしろい。

今日は疲れて、ぐっすりとねむる。

×月×日

朝から高遠の町と城を見てまわりながら、しだいに小説の書き出しのシーンが胸の中にかたまって来る。

地図をひろげ、駒ケ岳へ行って見ようとおもいつく。

いまは、ロープ・ウェイで、頂上近くの千畳敷まで行けると、タクシーの運転手がいう。

伊那市を経由し、駒ケ根の町をぬけ、高原の地帯をしだいにのぼりつめて行く。険路である。

しかし、オフ・シーズンゆえ、ほとんど車が通っていず、らくらくとロープ・ウェイの駅へ着く。

それから約七分。

一気に霧の中へ突入しつつ、千畳敷までのぼりつめる。

眼下の山林に、カモシカが走るのを数度、見かけた。

濃霧がたちこめる頂上駅へ着く。

すばらしい景観なり。雪渓《せっけい》の下の方から霧がはれ、青空がのぞく。

約一時間後、山を下る。
高原地帯を車でまわる。
とにかく、これで書き出しの設定が出来た。
やはり、何処《どこ》でも現地へ行って見なくてはいけない、と、つくづくおもう。
晴れているが雲がながれていて、暑くない。車で、さらに飯田市へ向う。
町外れの〔鳥清〕という古びた鳥料理店で、水炊きで酒をのむ。
今日は、三河まで行き、大野の小さな宿へ泊る。

×月×日
三河を取材、豊橋へ出て、新幹線で帰京す。

九州・大阪・京都

×月×日
新聞に連載している小説の取材で熊本に出発する。夜の新幹線を、大阪で寝台車に乗りつぐ。
同行のH君が「私の寝台がとれませんでした」と、なげいているので、すぐさま車掌にかけ合う。神戸を出たとき、一つ確保できて、H君を寝かせる。ほっとした。

熊本へは、翌日の昼前に着く。

ホテル・キャッスルへ投宿。

昼飯をすませ、すぐに熊本城を見に出かける。

この城は、これまでに三度見ているけれども、いざ、この城を小説にあつかうとなると、まったく、見る眼がちがってきているのに、われながらおどろく。

だから、一度見ておいたところも、新しい仕事に抛《と》り入れる場合は、かならず、もう一度、足をはこばなくてはいけない、と、つくづくおもう。

熊本城は、まさに実戦用の城だ。

この城をきずいた加藤清正が、いま私が書いている小説の主題となる。

本妙寺へ行く。ここから見た熊本の市街の展望はすばらしかった。暮れなずむ空に阿蘇の山なみが、くっきりと浮き出している。

×月×日
ホテル・キャッスルの和食はうまい。
朝食に、山芋へ鯛のぶつ切りをまぜ合せたものが出る。前に三度、このホテルへ泊ったときも、和食に工夫がこらしてあり、うまかった。

そのかわり、洋食はまずい。

熊本も、以前にくらべると大分に変ったが、東京や大阪の目まぐるしい変貌ぶりにくらべれば、まだまだ落ちついている。

水前寺公園に立ち寄ってから、天草へ向う。天草五橋をまたたく間にわたり、すぐに引き返し、三角から船で、島原へわたる。船を待つ間、三角の町の食堂で食べたカキフライがうまかった。

空も海も、天草の島々も、あくまでも青い。まるで春のような陽光がふりそそぎ、私は船のデッキで汗ばんでいた。

島原へつき、南風楼へ投宿。ここは五年ぶりだ。以前の、すこし古びた建物をおしかくして、鉄筋五階の近代建築がそびえ立っている。フロントや女中さんのもてなしは悪くなかったが、食べものは以前とくらべものにならぬほど落ちている。

それにしても、この島原という町の美しさはどうだ。雲仙の山なみを背負い、島原湾をのぞむこの町の、あくまでも明るい、目のさめるような風光には、いつ来ても瞠目する。

×月×日
自動車で雲仙をこえ、小原から諫早《いさはや》へ出る。

列車で福岡着。夕方の飛行機で大阪へ飛び、そのまま京都へ入る。ここでH君は帰京。かわって週刊S誌のK君と共に、S誌の取材となる。

夜、木屋町の瓢正で食事。
〔ベラミ〕で、朝丘雪路のショーを見物する。

×月×日
S誌の自動車で、大阪郊外をまわり、若江、八尾のあたり……つまり大坂夏の陣の戦跡を見てまわる。むろん、いまは工場と住宅と自動車道路によって、ずたずたに切り裂かれ、当時のおもかげは一片だに残っていないが、距離感をつかむことが、私の小説にとっては大切なことなのである。

それにしても、木村重成の墓が意外に立派なのにはおどろいた。

大阪の町の人びとに、

「木村重成の墓」

と訊《き》いても、きょとんとしている。

午後、奈良へ入り、法隆寺へ寄ってから宇治へ出て、山科をまわり、京都へ到着。

都ホテル投宿。

さすがに、つかれている。

明日は、京都の八坂の塔のあたりをまわって、主人公の住居を設定するつもりだ。

京都へは何十度、いや何百回来たことだろう。来ても来ても、私は飽きない。

夜、早目にねむる。

明日も、よい天気らしい。

九州から東海道

×月×日

B社の講演旅行にて、九州へ出かける。同行は新田次郎・おおば比呂司の両氏なり。

福岡空港から駅へ。列車で豊前・中津へ夕方に到着。城下町らしい、落ちついた宿へ入る。ここは奥平氏十万石の城下町で、福澤諭吉の出生地でもある。

その福澤記念館で講演。小生は一番目に出る。控室にいると、むかし、新国劇の芝居を書いたころの旧知のA君がウイスキーをもってたずねて来てくれる。

A君は当時、新国劇の青年俳優だったが、いまは、中津の大きな商店の主人なり。この出身だとはおもっていなかった。

講演終って、地元の招宴。

フグ料理なり。

雨中を新田氏は、こまめに取材して歩く。

×月×日

中津から臼杵へ向う。

会場の近くの料亭へ入り、ここが控所になる。

雨なり。

有名な石仏を見物。新田次郎氏は、この日も朝から近辺を取材し、夕方の出番まで帰らず。小生より十歳も年上なのだが、その元気、そのエネルギーのすさまじさに瞠目する。小生は宿へつくと、すぐに入浴。アンマをし、出番まではなるべくうごかぬ。一時間の講演をするだけでも精いっぱいなり。

この日もフグ。もうあきた。

臼杵はいま、工場誘致でもめている。

招宴に出た市長、新田氏の質問をうけ、困っている。（この市長、間もなく辞職せり）

夜は、近郊の鉱泉宿へ泊る。ひなびていて、素朴なよいところなり。

×月×日

雨の朝なり。新田氏、朝のうちに近辺の山々を走破して来る。おどろくべき体力なり。

臼杵へ、次の延岡の人びと迎えに来てくれ、車で延岡へ。

途中、どこかの川辺りの〔ヤナ〕で落鮎《おちあゆ》をごちそうになる。

日向。延岡は内藤氏七万石の城下町で、ひろびろとした景観。海をひかえ、あかるい。

雨ようやくにやむ。

川辺りの宿へ泊す。

講演はうまくいった。

×月×日
宮崎へ入る。この日で終りなり。

宮崎日日の主催。取締役のK氏に八年ぶりで会う。ずいぶんと立派になられた。新婚のカップルが町にもホテルにも充満せり。異常の景観を呈す。

ホテルの売店にて買物をしていると、一組の新婚が来た。

男のほうが「君、もう、そんなに買わんでもええやないか」という。

すると新婦が、新郎をにらみつけ、

「ドケチ。アホ!!」

と叫び、さっさとみやげものを買いこみ、プンプンしながらエレベーターへのりこむ。

男は勘定をはらい、悄然《しょうぜん》として後に従う。おおば比呂司氏、憮然《ぶぜん》として「われわれのほうが、しあわせですなあ」という。

×月×日

午後の飛行機にて大阪へ向う。

ここで一行と別れ、新田氏と共に空港へ下りる。新田氏は初孫の顔を見るためなり。小生は、H社の取材にて、出迎えの五十嵐君と共に大阪駅へ。名古屋下車。車で桑名へ行き、十何年ぶりに〔船津屋〕へ泊す。

むかしのままのゆきとどいた接待なり。

夜に入って雨ふり出す。

×月×日

朝、名物の湯どうふにて少酌す。

またしても雨なり。船津屋から番傘を借り、桑名、四日市、石薬師、庄野、関と、東海道の宿駅を取材。それから引っ返し、名古屋から熱田をすぎ、鳴海、岡崎、御油と、むかしの宿場を見てまわる。

H社の〔太陽〕という雑誌の〔東海道五十三次〕という特集に短篇を書くためのもの

なり。題名だけ決まる。

この日は、豊橋泊り。ようやくに雨あがる。豊橋は秋祭りなり。五十嵐君と外へ出てピンク映画を見物す。なかなか、おもしろし。

明日は帰京。今度の旅はずいぶんと疲れた。

陸奥の旅

×月×日

B社の講演旅行にて東北へ出かける。

同行は、渡辺淳一・杉浦幸雄の両氏。

銀座〔S〕にて勢ぞろいをし、夜行列車。水わりウイスキーですしを食べ、ねむろうとするが、なかなかねむれない。若いころの夜行列車ではすぐに寝つけたのだが……。

×月×日

朝・九時半に青森へ着く。黒石市の青年会議所の人びとに迎えられ、黒石をぬけ、落合温泉の宿へ着く。夕刻までねむる。第一日は黒石市の映画館で講演。ここは、津軽の支配で一万石の陣屋があったところだ。戦災にもあわなかったし、コミセとよばれる雪よけの通路が家々の軒につらなり、歩道をなしているさまがおもしろい。この〔コミセ〕を取りはらうことで、いろいろともめているということなり。古びて、しずかな町は七時をすぎると暗くなってしまう。むかし、東京の下町なども、ちょうど、これ位の暗さであったことを想う。夜空に星が出たので、一同、安心する。

×月×日

青森市にて二日目。

快晴なり。ホテル青森泊。このときとばかり、肉を食べておく。今度の旅の宿では、やはり魚、貝類が主となるし、そうなると、しきりに、カレー・ライスやチキン・ライスが食べたくなる。

稲荷神社の夜店をまわる。古道具屋で国周と広重の錦絵を求める。版画も高くなったものだが、まだしも東京よりは安い。広重のは三枚つづきのが一枚しかないので安く買えたのである。しかし、一枚でも実によいものなり。

×月×日

十和田市の人びとが迎えに来てくれ、十和田湖へ車で向う。八甲田山の山間《やまあい》をぬけ、十和田湖へ向う道はしたたるばかりの新緑で、水バショウが咲き、つつじが花ひらいたばかりだ。ぬぐったような青空で、こんなに天気がよいのはめずらしい、と、十和田市の人たちがいう。車の数も少なく、奥入瀬の溪流に沿った道をゆっくりと車を走らせることができた。

子《ね》の口から、船で休屋へ湖面をわたる。快適きわまりない。渡辺・杉浦の両氏もうっとりと湖面の風景を見つめている。

十和田市へ向う車の中では、さすがにつかれ、うとうとねむってしまった。

十和田市は「緑と太陽の町」というキャッチ・フレーズのごとく、まるで戦前の札幌をおもわせるようなすがすがしい町である。

会場へ、私が海軍の新兵時代の班長だったK氏の息子さんがたずねて来る。父のK氏の顔を見ていないそうだ。K氏が硫黄島で戦死されたのである。Tさんという若い女性が私のことを書いた雑誌を見て、息子さんが来てくれたのである。Tさんという若い女性が私の新選組関係の小説を二、三冊もってあらわれる。このような若い女性が新選組を研究していることにおどろく。

十和田高原のホテルへ泊す。

×月×日から×日へ

盛岡から車で中尊寺へ向う。

平泉へ着いたら雨があがった。今度の旅はよくよくツイている。雨あがりの若葉につつまれて境内に観光客があふれていた。

今日は最終日で、古川市の市民会館。終って鳴子温泉のYホテルへ泊す。

いま流行の、かまえだけは大きいが、中身は安っぽい宿なり。

朝起してくれとたのんでも忘れてしまうし、朝食のバイキングと称するものなども、まことに味気ない。カンナクズのような鮭を一片口に入れてやめてしまう。

小牛田から列車。ねむっているうちに東京へ着く。東京は雨なり。

年末・年始

十二月×日
B社の仕事で、ルポライターのS、B社のKと修善寺の〔新井〕へ出かける。押しつまってきているので、客は、われわれ以外に二組か三組だ。
東京も、このところ、非常に寒かったが、修善寺の寒さときたら、おはなしにならない。
修善寺は、まことに暖い温泉町で、正月の節料理が傷《いた》むほどだといわれているし、私が三十何年も前に出征する前々日の二月十日に、やはり、この〔新井〕へ泊ったとき、裏山の梅林では花が咲いていたものである。

三人で、名物の天平風呂へ行ったが、裸になったとたん、あまりの寒気に五体がしびれてしまい、熱目の温泉へ飛び込んでからも、しばらくは息もできぬ。

夜ふけてから、テープをまわし、三人で仕事にかかる。

十二月×日
大晦日《おおみそか》だ。年越しの客が殺到するのと入れちがいに、三人で修善寺を引きあげ、昼すぎに横浜へ出る。

ニュー・グランドのコーヒー・ショップでビールをのんでから元町へおもむき、買物をする。大晦日の買物は、おもいがけぬ拾い物がある。

それから、海岸通の〔スカンディア〕へ行き、遅い昼めしにする。

ここのデンマーク料理はうまい。サーヴィスもよい。客はまだ、ほとんど入っていないが、大晦日の夕暮れからは、ハマで年越しをする外国人が押しかけて来て、この店は大変にぎやかになるはずだ。

人も車輛も絶えた関内の風景を窓から見ていると、ほんとうに、のんびりした気分になってくる。私も大晦日の今日だけは、仕事をしないのが例年のならわしだ。夜が明けて元旦ともなれば、いつものとおりに仕事をはじめることになる。
それだけに毎年の大晦日は、私にとって、もっとも大切な一日なのだ。

一月×日
元旦から仕事をつづけ、ようやく今日、去年の残りの仕事を終了する。
新年早々から、異常事件が頻発《ひんぱつ》している。
不景気だとか、政変だとかは別にして、世の中が一年ごとに、
「息苦しく……」
なってきているのである。
今日の政治家の大半は、このことに無関心だし、気がついていない。

一月×日
来月、歌舞伎座上演の脚本を書き終え、ほっとする。
そして今日から、完全に例月どおりのスケジュールの仕事になる。
元旦から毎日、やすむことなく仕事をつづけてきたとはいえ、そこは何といっても正月のことだし、来客もあり、酒をのむことにもなり、仕事の分量もいくらか少なくなっていたことはたしかだ。

五十をすぎても、まだ、いくらかは正月をたのしむ気もちも残っているので、それなりにのんびりとしないわけではないが、松飾りも除《と》れ、部屋の中の正月飾りも消えてしまうと、あらためて年をとった気分になり、自分の余命を想ってみたりするのだ。私が毎年、手相と人相を見てもらうW氏によると、私は八十まで生きるそうな。これからの時代を、そんな年まで生きていたら、まことに悲惨なことになってしまうだろう。

一月×日

大相撲の初場所がはじまる。

一つの場所から、つぎの場所への早さにおどろく。

月刊連載の小説を書き終えたばかりなのに、つぎの月の締切りが近寄って来る。

私のような仕事をしているものもそうだが、ちかごろの力士たちも、近づき、遠去かる月日のながれを如実に感じとっているだろう。

一年、二場所きりの大相撲だったころには、時代のながれに余裕があった。

いまは、その三倍の場所をつとめるのだから力士も大変だ。

つまり世の中も、むかしの三倍ほど、気忙《きぜわ》しくなったということか……などと、つまらぬことを考えてみたりする。

浅草

私は、浅草の聖天町《しょうでん》に生まれたが、関東大震災後は、同じ浅草の永住町《ながずみ》で育ち、その町が戦災で焼きはらわれるまで住んでいた。

私を育ててくれた錺《かざり》職人の祖父は、電車通りを越えて小学校に通うのがあぶないというので、下谷へ寄留し、下谷西町小学校へあげてくれた。いまさらに、祖父の慈愛をありがたくおもう。

私は鳥越神社の氏子であったが、馬道《うまみち》から聖天町に若いころをすごした母は、浅草の三社祭ともなれば、子供の私の手を引き（あるいは背負って……）浅草寺《せんそう》境内の三社さまから神輿《みこし》が出て行く早朝につめかけ、この宮出しのあと、ねりすすむ何台もの神輿の後について、一日中、浅草の町々を歩きまわったものである。

初夏の宵《よい》。町の灯《あか》りがともるころに、町々をねり歩いた神輿が、雷門《かみなりもん》をくぐり、仲見世《なかみせ》へ入って来る。

一日中、神輿を担ぎ、声をからして掛け声をあげつづけてきた男たちも、いまは疲れ果てて声もなく、しずしずと神輿をまもって仲見世をもどって来る。浅草に住んだ人なら、だれでも、この美しい光景を見ぬはずはない。六区も観音さまも、伝法院も、子供の私たちにとっては欠くべからざる生活の一部であった。

戦争末期に、私は山陰の航空基地にいたが、そのとき、空襲で焼けただれた浅草に祖母と弟と三人で残っていた母からの手紙がとどいた。その手紙には、廃墟《はいきょ》の浅草に、なんと例年どおり、草市が立ち、四万六千日の行事がおこなわれる、と、書いてあった。

この手紙を読んだときの私の、こころ強さというものは、浅草に生まれ育ったものでなければわからぬだろう。四万六千日（七月十日）の当日は、浅草観音の功徳日《くどくび》であって、当日は善男善女が浅草へ群れあつまって大混雑となる。終戦の年の四万六千日は、恐らくさびしかったろうが、この行事を敗戦の焼土の中に取りおこなった浅草の人びとと浅草寺の心意気が、私にとっては、まことに、たのもしかったのである。

私の子供のころの浅草の町々には、夕闇の中にコウモリが飛び交《か》っていたものだ。鍛冶屋・仏具師・下駄屋・畳屋・袋物師・弓師などの家々がたちならび、それぞれに、さまざまな仕事をしている人びとの姿が、道からもながめられ、四季朝夕の変化に応じたいろいろな物売りの声が町をながして行く。空地も草地もたくさんにあり、その中でも材木置場は私どもの絶好の遊び場所であった。

そして、どの町にも病人か、なまけ者でないかぎり、貧しくとも明日をおもいわずらうことなく、精一杯に生きていた人びとのエネルギーが充満していた。

上野

私は、旧下谷区と浅草区の境い近い浅草永住町で育ったが、小学校は上野のすぐそばの西町小学校であった。

したがって、浅草六区の盛り場と上野の山は、子供のころの私たちと切っても切れぬ。

上野の山には、私どもの秘密の場所がいくつもあって、たとえば美術館の傍の木立の中の穴へ何かを隠しておいたり、精養軒のひろい庭にあった藁《わら》屋根の四阿屋《あずまや》へキャラメルの箱を隠しておき、数日して、そこへ行き、

「あった、あった」

などと、つまらぬことに大よろこびをしたりしたものだ。

そのころ、東大の学生さんたちが、よく精養軒の庭の茶店へ来て、コーヒーやソーダ水をのんだりしており、私たちにも仲よくつき合ってくれた。

いずれも、きちんと制服を着、帽子をかぶり、私たちの目には、

「すばらしい大人」

に見えた。

町の人びとも、彼らを「学生さん」とよび、たいせつにあつかったし、彼らも、それにこたえ、礼儀正しかった。

町の人びとは彼らに対して、

「いずれは、日本のためになってはたらいてくれる人たちだから、たいせつにしてあげなくてはいけない」

という気もちをもっていたようである。

Mさんという東大生は、私どものために、英文のタイプライターで名刺をつくってくれた。

それは、なんというすばらしい贈り物だったろう。

大人のまねをして名刺をもってみたいという欲望に、私どもはかねてからとらわれつづけていた。

ローマ字で打たれた十枚の名刺を、私はいつまでもたいせつにしていたが、戦災で焼いてしまった。

Mさんや、その友だちと、

「つぎは木曜日の午後に会おう」

と、約束して帰ってくると、その日が、待ち遠しくてならなかった。

学生さんたちは、とき折、私たちにソーダ水やアイス・クリームをごちそうしてくれた。

私どもはクレヨンで描いた図画などを進呈すると、学生さんたちは大よろこびをしてくれ、

「ぼくの下宿の壁に飾ってあるぞ」

などといって、私どもをよろこばせた。

そのころの上野はよかった。

子供ごころにも、池ノ端仲通りの、しずかな、落ちついた商店がならぶ道すじが好ましく、夕飯をすませてから、よく散歩に出かけたものだ。

いまは、すっかりなくなってしまったが、裏手は花柳界で、日暮れなどに通りかかると、格子窓の向うで芸者が双肌《もろはだ》ぬぎになって化粧をしている。子供ごころにも胸がどきどきしたものだ。

小づかいがあるときは、町をひとまわりして寄席《よせ》の鈴本へ入る。

私のごひいきは故桂文楽で、そのころ、売り出しの文楽は三十七、八であったろう。

息もつかせずに、たたみこんでゆくのが当時の文楽の芸で、晩年の文楽とはまったく

ちがっていたようにおもわれてならない。

ともかく、小学生の、十歳から十三歳ごろまでの私どもは、そうしたたのしみを味わいながら、上野と浅草で育ったのだ。

運動会がせまると、夜の上野の山でマラソンをやったこともある。

通りかかった巡査が、

「夜だからあぶないぞ。よし、私がついて行ってやろう」

と、いっしょになって走ってくれたりした。

運動会は美術館傍の広場でおこなわれたのである。

戦後の上野は荒廃してしまったが、復興も目ざましかった。

江戸時代からの地形が、上野には辛《かろ》うじて残っている。

これ以上、打ちこわしてもらいたくない。いつだったか、あの不忍池《しのばずのいけ》を野球場にするというので、出稼《でかせ》ぎの事業家が手をのばしたことがあり、あぶないところで喰いとめた。

二度と、このようなまねをしてもらいたくない。

湯島天神境内

もう何年も前のことだが、早春の雪の日に、湯島天満宮の近くを通りかかったので、

（久しぶりに、お詣《まい》りをしよう）

と、おもいたち、上野広小路の方から、いまも大正の頃の古い家並がかたまっている一画の細い道をたどり、女坂から天神境内へ入ったことがある。

このあたり、江戸時代には湯島天神の門前町が栄えていたところだ。

ふしぎに、太平洋戦争の戦災にも焼け残ったのを、

「天神さまの御利益《ごりやく》だ」

などと、近辺の人びとはありがたがっていたものである。

戦前の東京の、ものしずかな下町のにおいが、このあたりには、まだ濃厚にただよっ
てい、細道づたいに、ゆるやかな女坂をのぼって行くと、ふりしきる春の雪の中に、境内の梅の花が咲き、意外におもったのは、雪の梅見に出かけて来た人が多かったことである。

裏手へまわり、切通しの崖上から、旧岩崎邸の広大な敷地をへだてて、不忍池が雪にけむって見えるのを、たのしんでいる人もいた。

それから、

「あっ……」

という間に、岩崎邸は巨大なマンションとなってしまい、不忍池は、もう見えなくなった。

岩崎邸は、江戸時代に越後高田十五万石・榊原家の中屋敷であった。

維新後、かの〔人斬り半次郎〕とよばれ、初代陸軍少将に任じた薩摩の中村半次郎こと桐野利秋が、榊原邸を明治政府からあたえられ、

「どうじゃ。吉野の芋ざむらいが、いまは大名屋敷に住んでおる」

得意満面になっていたこともある。

さて、そのうちに……。

天満宮のまわりには、たちまちに〔ラブ・ホテル〕だの〔マンション〕だのが建ちならんでしまったけれども、境内のしずけさは、いまも変りがない。

拝殿から南の正面、鳥居の彼方にのぞまれる湯島の町なみの、ラブ・ホテルなぞも、まるで客がいるのだかいないのだか、わからぬほどにひっそりとしている。

男坂から下谷の町をのぞむ景色にも、なんとなく、旧東京のおもかげを感じることが

できる。

それというのも、湯島天神の境内が、いまも尚、奥床しく旧態をとどめているからなのであろう。

〔江戸名所図会《ずえ》〕を見ると、境内には揚弓場や芝居小屋までもあり、料理茶屋が男坂の両側に軒をつらねている景観は、広重の絵にも描かれている。

泉鏡花《いずみきょうか》が〔婦系図《おんなけいず》〕の、主人公と愛人との別離の背景につかった天神境内の情景は、いまも完全に生きている。

なればこそ、菅笠をかぶった飴細工《あめざいく》の職人が店を出すこともあるし、煙管《きせる》の掃除や修理をする羅宇《らお》屋も出ているのであろうし、したがって、これをよく知っている人びとが天神境内へあつまることにもなるのである。

いまや、江戸も東京もない。

四百年も前に、徳川家康が、はじめて江戸の地へ本城を築いたころには、おそらく、湯島天神は、本郷東南端の台地に、生い茂る木立にかこまれ、さびれかけていたのであろう。

むかしの本に、

「しのぶの岡の並に、油島《ゆしま》という所あり。古松はるかにめぐりて、しいしめの内に武蔵野の遠望をかけたるに、道すがら、これは北野の御神（菅原道真）と聞こえしかば……」

とあるような、江戸湾の海鳴りの音も聞えそうな古い古いおもかげをしのぶことは、到底できないにしても、私のような東京人には、折にふれて、たとえば銀座へ出たときなども、ふと、小一時間の暇があると気づけば、湯島天神や浅草観音へ立ち寄りたくなってしまう。

この夏に、帝国劇場で上演する私の芝居〔剣客商売〕の一場面を、昨日も、

(どこにしようか……?)

と迷ったあげく、ついに、湯島天神境内の舞台面にして脚本を書いてしまった。

こういうところは、私などの〔商売〕はありがたい。自分の作で、江戸時代の湯島天神を舞台の上に見ることができるのだから……。

もちろん、そこには、不忍池も望見できるのである。

新宿

分速三百六十メートルとかいう超高速エレベーターが、京王プラザ・ホテルのロビイから一気に地上百七十メートル・四十七階を駈けあがるとき、完全な密室がわずかに震動する。

耳の穴へ気圧がかかる。

傍にいる家人が、ちょっと不安そうな眼の色になって私を見た。

品川の家から、ここへ来るとき、高速道路の彼方にすっきりと姿をあらわしたこのホテルの全貌を、

「A屋の羊羹《ようかん》が空に突きたっているみたいですね」

と評した家人であるが、その白亜のヨウカンがしだいに近づき、正面玄関に横づけになって、これを下から見上げたときの圧倒的な量感と、灰色の曇り空の彼方へどこまでも伸びているヨウカンの頂点へ、いま駈けあがりつつあるのだという感覚が、エレベーターのかすかな震動を切実なものとしたらしい。

（あっ……）

という間に、最上階へ着いた。

各階の通過を知らせる蛍《ほたる》のような照明を眼で追っていると、あまりの速さに、

「気味がわるくなった……」

と、家人はもらした。

もう五十に近くなっている家人は、航空機にも一度乗っただけである。

四十七階の展望台へ上る料金に〔学割〕があるというのは、いかにも新宿のホテルらしい。

白亜のヨウカンは、東西にひろい横腹を見せ、その両側の横腹に客室がつらなる。スペシャル・ルーム以外の部屋のタイプは、みな同じようなものなのだが、十一階から四十一階におよぶ客室は、上へ行くほど室料が高くなる。

いうまでもない。展望が、このホテルの大きな売りものなのである。

新宿駅・西口の、もと淀橋浄水場跡の〔新宿副都心〕の一角に完成した京王プラザ・ホテルの周辺には、まだ、このホテルの展望を邪魔する何物もない。

晴れわたった冬の日に、このホテルへ泊るとすれば、西面の客室からは富士山も、相模や甲斐の山々もはっきりとのぞむことができよう。東面の客室からは、おそらく、筑波山も見えるにちがいない。

ている。だが、いま私どもの眼下に展開する東京はスモッグにおおわれ、明治神宮と新宿御苑と、遠く皇居の緑地帯のみが、あまりにも哀しげに、晩春の季節を精いっぱいに表現しているのみだ。

小学生のころ、私は、上野の松坂屋や、日本橋の三越や、新宿の伊勢丹などのデパートの屋上へのぼるたびに、筑波山を見、富士山をのぞむことを得た。

そのころ、東京でもっとも高い建物は、先ずデパートのほかにはなかったといってよい。

むかし、むかし。東京の下町にあった小さな家で、子供の私は、玩具屋で買って来たボール紙細工のエムパイア・ステートビルディングの模型を組立てながら、まことに実感がわいてこなかったものだ。

亡き祖父に、

「おじいちゃん、こんな大きなビル。ほんとにあるのかしらね」

といいかけた私と祖父のいる部屋へ、白い蝶がひらひらと舞い込んで来たことをおぼえている。

風が青葉のにおいをはこんで来たし、夕闇のたちこめる浅草の町には、なんと蝙蝠《こうもり》も飛び交っていたのだ。

それから四十年後の現在、東京の風は得体の知れぬ毒の香りとガソリンの匂いをはこんで来、蝙蝠はおろか、蜻蛉《とんぼ》もいなくなってしまった。馬や牛さえも道を歩けなくなった。人間も自動車の洪水の中をよろめきよろめき歩いている。

そのかわりに、いま私は、世界一の超高層ホテルで一夜を送ろうとしている。〔新宿〕は、徳川家康が江戸へ入り、やがて、徳川幕府の本拠をこの地へ定めたときから、活気みなぎる新興の地となった。

もっとも、それは、五街道が整備され、内藤新宿が開駅した元禄十一年からといってよい。いまから二百七十年ほど前のことだ。

五街道の一つ甲州街道の首駅として、新宿は発展したわけだが、それまでは武蔵の国・豊島郡の内で、俗に〔関戸〕とよばれた、まことにものさびしい草原であって、人が住む家もなかったという。

家康が江戸へ入ったとき、家臣の内藤清成へ、新宿一帯の地を領地としてあたえた。西は代々木、南は千駄ケ谷、東は四ツ谷におよぶ広大な領地である。新宿が宿駅となってから、内藤家は、その領地の街道すじに沿った地帯を幕府へ返上した。新宿の発展は、そのときにはじまる。

内藤氏の屋敷跡が、いまの新宿御苑であって、そこに微《かす》かな江戸の香りが残っている、といえばいえるのだ。

こうして、新宿の東口は、江戸時代の宿駅から明治の新宿駅の設置につれ、勢いよく発展しつづけて来たわけだが、西口は巨大な浄水場や十二社《そう》の森などによって、東京郊外のおもかげを、私が少年のころには濃厚に残していたものである。

十二社の池へ祖父に連れて行かれたときの感じは、子供の私の眼に、まったくの田舎《いなか》としか映らなかったし、浅草から新宿まで、当時の市営電車にゆられて行く道程の長かったことは、幼ない私にとって一つの〔旅〕であった。

江戸時代の西口は、まったくの原野といってよい。

その原野の、いまの西口広場のあたりに松平摂津守（美濃・高須三万石）の下屋敷があり、明治になってからは公爵・岩倉具視が別邸にした。

この岩倉別邸が、新宿駅構内拡張のために取りはらわれたのが明治三十年ごろだというから、その時点から新宿西口の第一歩をふみ出したといってよいだろう。

昭和の大戦で、東京は焼野原となった。新宿といえども例外ではなかったが、それにしても戦後二十五年の新宿のエネルギーのすさまじさは瞠目するに足る。

速度のちがいはあっても、新宿は江戸時代から新興の活気をみなぎらせて、発展しつづけて来た。ふしぎな土地である。

ことに、現在は〔副都心〕の都市構想がゆるぎないものとなった。西へ伸びて行く新宿のエネルギーは、十年後に、どのような変貌を私どもに見せてくれることか。

こうした新宿のエネルギーが、このホテルにもみなぎっている。

「京王電鉄が、このホテルの経営を決意したとき、スタッフは、みんなホテル経営には未経験な人たちばかりでした」

と、私どもを案内してくれた販売企画支配人の淡野さんがいった。若々しくダイナミックな淡野さんである。

淡野さんばかりではなく、企画係長の井上さん、企画室の岩崎さん、常務の片山さんなど、私が会ったホテルの幹部たちは、

（なんとかして、東京一のユニークなホテルを創りあげよう）

という意気に燃えている。

その熱気が、オープンを間近にひかえて実習期間に入ったホテル全体をみたしているのは、こころよかった。

あとは、従業員のサーヴィスひとつにかかっている。

まるで銀行の内部のようなロビイやフロントに、これら従業員がかもし出す初心《うぶ》なつつましい挙動がこころよく感じられた。

夕暮れ。照明が入ると、銀行のようなロビイに変化が起る。このホテルの変化に富んだ照明のアイデアは実に巧妙で、たのしいものだ。

このホテルで、もっともユニークなのは、五階の大宴会場であった。

テレビ・スタジオに構想をもとめたというだけあって、天井いっぱいに張りめぐらさ

れたパイプは、照明と音響のコントロールを自由自在にやってのける。

せりあがってくるステージのうしろには、地下三階にわたる駐車場から自動車をはこびあげ、自動車ショウがボタンひとつで機能的におこなわれる。

カクテル・パーティなら三千人が利用できるという、この宴会場のショウ・ビジネスの精神にあふれた構想には、私もびっくりしてしまった。

企画室の井上さんに、

「これは、いろいろな企画が可能なホテルになりますね」

と、私はいわずにはいられなかった。

二階のコーヒー・ハウスやナイト・クラブには新宿へあつまる若者たちへ、積極的に近づいて行こうとするホテル側の姿勢がはっきりと看《み》てとれる。

だから、井上さんが、七十五坪・六室からなる〔インペリアル・スイート〕へ泊める客の選択について、

「いま、ホテルとしても迷っているのです」

といったとき、私は、

「新宿のバイタリティを押しすすめて行こうとするホテルなんですから、金さえ出せば、だれが泊ったっていい、ということにしたらどうです」

と、こたえた。

階級や身分は、これからの日本にとって、いよいよ価値のないものとなってゆくだろう。

イギリスやフランス、アメリカとは、そこがちがうところだ。このホテルは、アメリカ風ということだが、自由の国に見えるアメリカの階級制度は実にきびしいものがある。建物はアメリカ風でも、ホテルの気風は日本の新宿のものであってほしい。

さて、あとは食べものだ。

十におよぶレストランは、まだ全部、店をひらいていない。私どもは二階のグリルで、バイキングふうの食事をとった。

そして、三十九階の部屋へのぼって行った。

「疲れました」

と、家人がいった。

客室は、むしろ、ぶっきらぼうなデザインである。

しかし、大きく切りとられた窓から、東京の灯の海が絢爛《けんらん》たる色彩を室内へみちびき入れる。

窓は、ベッドの高さよりも、むしろ低く切りとられていて、ベッドに寝そべり、煙草をふかしながら眼下の灯の海をながめることができる。これなら、室内の装飾は極度に切りつめていいのだ。

私は、灯の海をながめていて、午前三時まで寝つけなかったが、家人はぐったりとねむりこけてしまった。

朝になった。

家人は馴れてきている。

昨夜は、窓から下をのぞいて見て青くなっていたのが、平気で、朝の東京を見下ろしている。

「こんな高いところでねむるなんて、むかし、おもっても見ませんでしたね」

と、家人がいった。

「イビキをかいていたな」

「よく、ねむりました」

「女は強いな」

「そうでしょうか……」

「すぐに忘れる、怖《こわ》かったことをさ」

「もう忘れました」

二階のコーヒー・ハウスで朝食をとったとき、家人はおきまりのコースのほかに、マッシ・ポテトを一皿平らげてしまった。

ホテルを出て、高速道路を帰途についたとき、家人が振り返って、

「ヨウカンが遠くなって行く」

と、つぶやいた。

「すぐに、あのまわりにも白だの黒だの、茶だの黄色だののヨウカンがいくつも建つのさ」

「なんだか、こわいわね」

「ヨウカンを建てるよりほかに、もう東京は仕方がないのだ。こわくないヨウカンにしてもらいたい。酒の盃に、おしる粉をぶちこむようなことにならないようにね」

3

東大寺の結解料理

奈良の冬の、おだやかに晴れわたった昼下りの陽光を絶ち切ってしまい、東大寺・本坊の襖《ふすま》と障子にかこまれた三十畳ほどの広間に、百目蠟燭《ひやくめろうそく》がいくつも灯《とも》っている。

向い合って敷きのべられた緋毛氈《ひもうせん》に、主客が十二人。

電気ストーブもある別室から、この広間へ入ると、転瞬、夜の世界となった。

奈良・東大寺に古くからつたわる結解《けっけ》料理は、夜の宴席の演出によって、

「むかしをしのぶ……」

想いと、味わいが、さらに深まることになるのであろう。

「むかしむかしから、寺の重要な法会《ほうえ》が終ったときとか、それからなんですな、年貢米を納め終えたときとか……ま、そうしたときに、寺が出した料理なんですな」

と、主人役の上司海雲《かみつかさかいうん》師（東大寺・観音院住職）が、にこやかに、

「私語も小用も、かまいませぬ。かなり、時間がかかりますから、ひとつ、のんびりと……」

こういわれた。

上司師をはじめ、列席した司馬遼太郎・入江泰吉・小清水卓二・須田剋太・岡部伊都子の諸氏の間で、結解料理の、

〔結解〕

の意味が、

（なんであろうか？）

との会話が、しきりにかわされる。寺のほうでも、よくわからぬらしい。

そこへ……。

下座正面の白い大きな衝立《ついたて》の蔭《かげ》から、黒っぽい着物・袴《はかま》に白足袋《たび》という姿の、二人の給仕人が、しずかにあらわれ、上座正面にかざられた山水《せんずい》の絵屛風《えびょうぶ》の前へ、手向山八幡《たむけやまはちまん》宮《ぐう》に供える神酒《みき》をささげ置いた。

「冷えますなあ」

となりの司馬氏が、しみじみと私にささやいたので、私は、上着の裾《すそ》をあげ、腰にしのばせてある懐炉《かいろ》を見せ、

「もう、こうなっては、おしまいですよ」

と、こたえる。

手あぶりの小さな火鉢が前にある。座ぶとんは、むろんない。それがよい。手あぶり

であぶった左手のぬくもりを右手へうつし、こすり合せるなどという仕ぐさを、近年のわれわれは忘れてしまった。ついでに、冬も夏も忘れかけようとしている。

はじめの折敷《おしき》が、はこばれて来た。

菜の酢味噌和《あ》えに〔弐石五斗〕と称して、奈良漬を五斗俵のかたちに切りつくったものが五片。それに白砂糖をそえた小豆餅《あずきもち》が三個。そして、揚豆腐の澄汁《すましじる》である。

「小豆餅のおかわりがありますから、岡部さん、安心してめしあがれ」

と、上司師。

「はい」

と岡部女史が素直に三個とも、お腹へおさめられた。

列席の諸氏は、いずれも旧知の間柄ゆえ、なごやかに、はなしがはずむ。

平安朝のころからの料理ともきいていたが、根来《ねごろ》塗りの膳や食器にもられた料理のひとつひとつに、その、あまりにも遠いむかしがしのばれることは事実であった。それは供される食物にというよりも、むしろ味つけに感じられる。

この日。私どもが口にした料理の献立は、江戸時代も中ごろをすぎてからととのったものであろうが、なんといっても、淡い味つけの、塩や胡椒《こしょう》を主体にした汁や和えものを口にするとき、

(なるほど……)

と、おもわざるを得ない。

今日、われわれがふんだんに享受している種々の調味料が、むかしはいかに乏しく、大切なものであったか……。

氷豆腐の煮たものがはこばれたとき、

「おいしいですなあ」

「われわれはもう、こういうもののほうがいいですねえ」

列席の諸氏、いずれも初老の年齢に達しておられるので、しきりに讃嘆《さんたん》の声があがる。

若者たちばかりが結解料理の宴席につらなるとしたら、おのずと雰囲気も変ってこよう。

ついに、酒が出た。

給仕人は、両側の客のひとりひとりへ膳や料理を置き、いちいち衝立の蔭へ入っては、また料理をはこぶ。

折目正しい所作《しょさ》がすこしもくずれず、立つとき坐るときは、たがいに目と目を合せ、呼吸をはかり合って、同時にうごく。

給仕人の一人は、用度掛の酒井桃園氏というベテラン。別の一人は納所《なっしょ》の本間二郎氏で、

「ちかごろ、この人（本間氏）が、給仕をおぼえてくれたので、結解料理もつづいておるわけです」

と、上司師がいわれた。

料理を置き、汁をくばるごとに、料理人がいちいち、ていねいなあいさつを客にする。

こちらもこたえる。

だからといって、かた苦しいことは、すこしもない。

というのは、酒井・本間両氏の態度物腰が、無言でいながら、いかにもなごやかで物やわらかいからなのだ。

むかしのころの、寺方の宴席のなごやかさが、給仕人の両氏を見ていて、よくわかる。

お二人とも五十前後か……。

めんどうな給仕の形式が、ほとんど邪魔に感じられない。

料理を食べすすむうち、整然とうごいている、この二人の給仕人によって、私どものこころがやわらいでくるのが、ふしぎなほどであった。

最初の酒は、はらわたにしみとおった。

久しぶりで五体に感ずる冬の寒さが、酒のうまさを層倍のものとする。

朝、暖房つきの自動車に迎えられて、そのまま新幹線へ乗りうつり、この東大寺へ東京から四時間半で到着した私であった。

二献の料理が、はこばれる。

ほうれん草のひたしを〔堂の峯〕とよぶのは、切りそろえたほうれん草を御堂の屋根のかたちに盛ってあるからなのだろう。

〔そうめんのだしかけ〕が出る。

これも、おかわりができる。

空《から》になった椀《わん》を出すと、給仕人が、これを熱湯であたため直し、そうめんを入れてくれる。淡泊な味であって、料理は東大寺へ出入りする店でつくるものらしいが、味つけだけは、あくまでも古風をまもって調理させているらしい。

左どなりの岡部女史が、私に、

「関東の方には、お味が、うすうございましょう？」

と、いわれる。

私が、そうめんを食べ残したからであろう。

だが、この味つけを変えてしまっては、どうにもなるまい。そこが値うちというものである。

また、酒が出る。

こんどもおいしい。

一気にのんでしまう。

すでに、かなり長い時間がたっているのだが、すこしも、坐っていることが苦にならない。諸氏の会話がおもしろく、はずんでいるからであろう。

百目蠟燭の灯が、ゆらめく。

給仕人が、しずかに擦《す》り寄って来て芯を切る。自分が舞台の上で、むかしの人の役を演じてでもいるようなこころもちになってくる。

それが、たのしい。寒いのも、たのしい。

蠟燭の灯《あか》りの下で、重く赤い塗物の鉢や椀の、水のように澄んだ汁に、麩《ふ》だの、椎茸《しいたけ》だの、水仙の根の澱粉《でんぷん》をかためて胡桃《くるみ》をそえたものがぼんやりと浮きあがって見え、それぞれのもつ自然の香りをただよわせている。

ところで……。

われわれの宴席は、このようなしずけさとおだやかさに終始つつまれていたわけだが、大衝立の向うでは、給仕人の神経のくばりようが非常なものであったらしい。

同行のS記者から、あとになって、きいたことだ。

さつまいもの揚げものが出て、また酒が出る。またしても一気にのむ。いささか、おもはゆい。

それから三献の料理が出る。

陳皮《ちんぴ》というのがある。

蜜柑《みかん》の皮を、小さな短冊に切ったもので、別に味つけはしてなかった。

蜜柑のことが、日本の書物に出てくるのは、いまからおよそ五百数十年ほど前のことで、そのころは、足利将軍も四代目の義持《よしもち》が室町幕府を主宰しており、当時の書物に、将軍・義持へ、蜜柑二籠を贈ったなどという記事がある。

おそらく、貴重な贈物だったにちがいない。

亜熱帯アジア地方から、この果物が日本へ到来してから、間もなくのことではなかったのか……。

蜜柑の実はむろんのこと、その皮までも、みだりに捨て去るようなことはしなかったろう。

〔陳皮〕は食欲をすすめる、といわれている。

実を食べ、さらに皮の芳香をも、むかしの人びとは、珍重してたのしみつつ、口にしたのであろう。

この日の私どもは、五百数十年前の蜜柑の価値を眼前に見たわけであった。

最後に、大きな紅白の饅頭《まんじゅう》が結昆布を従えてあらわれる。これは一同、紙に包んでもらい、持ち帰ることにした。

手向山八幡にそなえた神酒をいただき、ようやくに宴は果てた。

およそ、二時間半がすぎていた。

寒かったが、私には長い時間に感じられなかった。

廊下へ出て、廁《かわや》へ入ると、上司師と共に宴席におられた僧侶の方が、私に笑いかけ、

「これから、どちらへ？」

「え、京都へまいります」

「では、京都で、たっぷりと、おいしいものをめしあがって下さい」

といわれたのには、恐縮した。

この日。私はS記者と京都へ泊り、両人なじみのすしやで酒をのんだ。

「いかがでした？」

と、S記者。

「よかったですね」

「どこが？」

「ぼくのように、時代小説を書いているものにとっては、何から何まで」

「そりゃあ、よかった」

「ことに、給仕人がよかった。役者でも、ああはいきません。あの二人のあたまにチョンマゲがのっていないだけで、あとはまったく、むかしの人になりきっていた」

「なにが、そうさせるのでしょうね？」

「そりゃ、料理がそうさせるのですよ」

「なるほど」

「ところで、あんたは何をあがってました？」

結解料理御献立

初　献

一　捧の物　一対

一　二の折敷　豆子　菜酢味噌合
椿皿　弐石五斗
猪口　白砂糖
四ツ目椀　小豆餅
三ツ目椀　揚豆腐胡椒かけ澄汁
御替　御重　小豆餅
御酒　銚子
御肴　御重　氷豆腐
御酒　銚子

弐　献

一　一の折敷　木皿　堂の峯梅干芥子
四ツ目椀　素麺だしかけ
胡椒包
御替　飯櫃　素麺

御酒　銚子
御吸物　御坪　煎餅麩針生姜
御酒　銚子
御重　薩摩芋揚物
御酒　銚子

参　献

一　二の折敷　木皿　浅草海苔
椿皿　陳皮
平椀　水仙胡桃だしかけ
御吸物　三ツ目椀　椎茸又は松茸
御酒　銚子
御肴　御重　酢蓮根
御酒　捧の物

一　御菓子　縁高　紅白朧饅頭結昆布

一　抹茶

以　上

東大寺

「ぼくは、衝立の蔭で、天ぷらそばを食べてました。匂いが、そちらへ行きませんでしたか」

「来ませんでしたね」

「ははあ……」

と、S記者が、まじめ顔で、

「天ぷらそばも、結解料理に圧倒されましたね」

と、いった。

翌日、S記者と別れた私は、近江・彦根の料亭で旧友たちと会った。

料亭の女主人に、紅白の饅頭をわたすと、彼女は芸妓たちと共に、さっそく饅頭を蒸し直して食べ、

「餡《あん》が、ようねれてましたで」

と、報告をした。

小鍋だて

底の浅い、小さな土鍋は、冬を迎えた私にとって、

「何よりの友だち……」

と、なる。

魚介や野菜などを、この小鍋《こなべ》で煮ながら食べる〔小鍋だて〕では、さまざまな変化をつけることができるので、毎夜のごとくつづいても飽きることがない。

中へ入れるものの種類は二品か、せいぜい三品がよい。

たとえば、小鍋に酒三、水七の割合で煮立て、浅蜊《あさり》のムキミと白菜を入れて、さっと火が通ったところを引き出し、ポン酢で食べる。

小鍋だては、煮すぎてはいけない。だから白菜なども細く薄く切っておく。

この二品を、おでんをするときの出汁《だし》で煮て、七味唐がらしで食べると、また味が変る。

また、鶏肉《とり》と焼豆腐とタマネギを、マギーの固型スープ一つ落した小鍋の中で煮て、

白コショウをふって食べるのもよい。

刺身にした後の鯛や白身の魚を、強い火で軽く焼き、食べよいようにくずして、豆腐やミツバなどと煮る。

このように、何でも簡単に、手ぎわよく食べられるのが〔小鍋だて〕なのだ。

むかしから、しゃれたものとされていて、高級な材料を炬燵《こたつ》の上で煮ながら、好きな女と一杯やるのは、たまらないそうだが、私の場合、たとえば鶏肉を使うとき、細切《こま》れのもっとも安い肉でやる。

むかし、三十年近くも前の終戦直後のことだが、家を焼かれてしまった私は、焼け残りのビルの一室で暮していたことがあって、暖房もない冬の夜など、毎日のように〔小鍋だて〕をやった。

このときの小鍋は、銅製のもので、下町の食堂でよく使っていた、なつかしい品物であった。

そんな鍋を売っているはずもない焼けただれた東京の町で、私が、どうして手に入れたかというと、上野の地下道で暮している浮浪の人が、どうしたわけか持っていたのを見つけ、

「いくらで売る?」

といったら、

「五百円」

と、こたえたので、千円出して売ってもらったのだ。

そのころの私は、東京都の防疫課に勤務してい、上野の地下道へは毎日のように詰めかけ、そこに暮す人たちへ注射をしたり、アルバイトの学生諸君と共にＤＤＴの撒布《さんぷ》をしたりしていたのである。

そもそも、私が〔小鍋だて〕をおぼえたのは、浅草にあった騎西《きさい》屋とか三州屋とかの大衆食堂においてであった。

牛なべ、豚なべ、鳥なべ、蛤《はま》なべなど、いろいろな鍋物が一人前用の銅や鉄の小さな鍋へ盛り込みで運ばれて来て、これも小さなガス台に乗せられ、たちまちに食べられる。

豚なべなどは十五銭ほどであったろう。

まだ小学生だった私は、浅草へ行くたびに、この鍋ものが食べたくてたまらず、母がくれる二銭、三銭の小づかいをためこんでは食べに出かけたものだ。

十二か十三のころだから、まさかに酒はのめない。

はじめて入って行って、

「蛤なべに御飯おくれよ」

といって、いきなり二十銭ほど出すと、銀杏《いちょう》返しに髪を結った食堂のねえさんが、

「あら、この子、なまいきだよ」

と、いった。
それでも、月に一度ほど行くうちには、すっかり慣れて、
「ワカダンナ。今日は、鳥にいたしますか？」
などと、からかわれて、真赤になりながら食べたものだ。
それでも「いっぱしの大人の気分」が味わえて、なんともいえぬよい気持だったし、
また、たまらなくうまかった。
むかしの東京の下町には、私のような「マセた子供」が、どこにでもいたものである。

ソースをたっぷり

東京の下町に生まれ育った私などが、洋食らしきものに接したのは、先《ま》ず、母がつくるジャガイモのコロッケだの、ライス・カレー(カレー・ライスではない)だの、近所の肉屋で、たまさかに母が買って来るカツレツぐらいのものであったろう。もちろん、うまかった。ライス・カレーなどは、ただ大鍋に野菜と肉の細切れを入れ、カレー粉を溶いてながしこみ、煮あげてから小麦粉を入れてとろみをつけるというだけのものだが、いまもって、ときどき、こうしたつくり方でライス・カレーをつくらせ、私は食べるのである。だから、のちに、銀座で有名だったレストラン〈モナミ〉のカレー・ライス(これはカレー・ライス)を食べたときには、

(世の中に、こんなライス・カレーがあったのか……)

そのうまさに仰天したものだ。さらにまた、東京會舘や帝国ホテルで食べた洋食の味わいが、つまり、われわれが食べなじんできた洋食のそれとは大分にちがうことを知ったのである。

私どもがいう洋食とは、明治以後、日本へ入ってきた西洋料理が、「日本風にアレンジされた……」ものといってよい。

戦後は、フランス・ドイツ・イタリーなど、それぞれの特色をもったレストランがいくつもできて、私どもの味覚も豊富になったわけだが、なんといっても、なつかしいのは日本風洋食につきる。

いかにも、さっぱりとした味のコロッケやカツレツ、メンチボール。メンチカツレツ。ポテトサラダやエビフライ。それにハヤシ・ライス（ハッシ・ライスではない）のすばらしさ。これらの料理のほとんどは、ウスター・ソースと切っても切れぬ。とにかく、料理にかけるソースは、ウスター・ソース一点張りであった。

いまの東京の、著名なレストランで出す料理にかける、複雑きわまる味をもったソースの種類の豊富さなど、おもいもおよばなかった。

また、戦前の東京の下町には、一つの町内に、かならず、小さな洋食屋があったもので、そこがまた大変にうまかった。

私が住んでいた浅草永住《ながずみ》町にも〈美登広《みとひろ》〉という洋食屋があって、私は小遣いがたまると、ここへ駆けつけたものである。

メニューの中に〔合皿《あいざら》〕というのがあった。

つまり、ポテトサラダとカツレツと、メンチボールなどの盛合せという意味。まあランチとでもいうところか……それを〔合皿〕とよぶ、こういうところに〔洋食〕の醍醐《だいご》味《み》がある。

カツレツなども、うすい肉を重ねて庖丁で丹念に叩き、老人の口にも合うようにやわらかくしておき、これをカラリと揚げてくれる。

〈美登広〉のカツレツを半分、食べ残しておき、これにウスター・ソースをたっぷりとかけまわして一夜置き、翌日の小学校の弁当のおかずにする。教室で弁当箱のフタをあけると、カツレツの肉の白い脂がウスター・ソースに溶けかかって、なんともいえずにうまかった。冷めたくなったソース漬《づ》けのカツレツは、まことにうまいものなのだ。

ところで、いまの東京に、こうした洋食を食べさせる店があるかどうか……。ないことはない。非常に少なくなったが足まめに下町を歩いていると、一つ、二つと見つけ出すことができる。それは、おもいもかけぬところにある。

銀座では、まあ三丁目の〈煉瓦亭《れんがてい》〉であろう。この店の二階へあがって行くとき、鼻《び》腔《こう》にながれこんでくるにおいは、まぎれもなく戦前の〔洋食屋〕のものだ。

鯛

鯛は魚類の王といわれるが、まさにその通り。風姿、味ともに王者の名にそむかぬ。さまざまの調理に応じ千変万化するこの魚の味の複雑さに、つくづく驚嘆するほかない。四国の今治・近見山あたりの料亭で出す桜鯛の〔塩むし〕を、芽しょうがをあしらった大皿へ横たえ、思うさまにほおばるうまさ、たのしさは格別のものだ。

わが家で鯛を食べるときには、刺身を生醤油《きじょうゆ》で、何の薬味もあしらわずにあたたかい飯《めし》で食べる。このとき、濃くいれた熱い煎茶《せんちゃ》を吸物がわりにする。それが好きである。

鯛を食べるときだけは、美しくも堂々たるこの魚の姿を想いおこし、一抹《いちまつ》の哀愁をおぼえつつ箸《はし》をとる。

人間なんて、むごいものですな。

冷奴

冷奴《ひややっこ》、とは……なんと、シックな名をつけたものだろう。

むろん、だれが命名したのか、不明である。

およそ、五分から一寸角の方形に切った豆腐を〔やっこ〕とよぶのは、江戸時代の槍持奴などが着ている制服の紋所の連想から生まれたものと見てよい。

もっと小形の方形に切ったものを、〔賽《さい》の目〕という。これも同じ発想から出たものであろう。

私が生まれ育った、東京の下町……電気冷蔵庫もクーラーも、扇風機ですらそなえてはいなかった職人の家の、夏の夕餉《ゆうげ》の膳にのぼる冷奴の涼味は、子供ごころにも、汗のひくおもいがしたものだ。

そして、そのころの東京の町の夕闇《ゆうやみ》には、蝙蝠《こうもり》が飛び交《か》っていたのである。

月の面に蝙蝠屢々《しばしば》かかりけり　　泊雲

冷奴には、絹濾《きぬごし》の豆腐がよいとされている。料亭などでは、青柚の香りをふくませたりして、わざわざ特別にこしらえたものを出すが、でも私は、ふつうの白豆腐の、豆のにおいがするやつのほうがよい。

冷奴は、大きな料亭で出す食べものではない。

しかし、あくまでも夏の涼しさをよぶ食べものだけに、器だけは似合いのものにしたい。

私は、生醬油へ少し酒をまぜ合せた附醬油に、青紫蘇《あおじそ》と晒葱《さらしねぎ》の薬味で食べる。

かき氷

私が子供のころから、戦後も、まだ、冷房設備が今日のように普及するまでの夏の日々のかき氷は、私どもにとって、

「なくてはならぬもの……」

だったのである。

東京の下町には、どこの町すじにも〔氷屋〕があった。こういう店は、冬になると〔焼芋屋〕になるのである。

むろん、そうでない小さな〔氷屋〕は無数にあって、かき氷の中ではいちばん安いのが〔水《すい》〕と称するものだ。

これは、ガラスの器の下へ、糖蜜だけを入れ、その上から、たっぷりと〔かき氷〕を乗せてくれる。これが三銭であった。

その上になると、いわゆる〔種物《たねもの》〕というわけで、レモンやイチゴや杏《あんず》のシロップを糖蜜へまぜたものへ〔かき氷〕を盛る。これが五銭。さらに〔氷あずき〕になれば七銭。

私どもの町内にも小さな店があって、そこでは台につけた鉋の上へ氷塊を乗せ、肥ったおばさんが左手にガラス器を持って鉋《かんな》の下へ出し、右手に氷塊をあやつり、かき氷を器へ落とす。すこし大きな氷屋になると、手廻しの氷かきを使った。かき氷を口にする。そして、子供ごころにも、

「ああ……もうじきに夏休みが来る」

と、うれしさを抑えかねた顔つきになってしまう。

扇風機も冷房装置も、冷蔵庫も、庶民の生活には無かった時代なのである。

そのかわりに夏の夕空には蝙蝠が飛び交い、微風に風鈴《ふうりん》が鳴り、蚊やりのけむりの香ばしい匂いがして、寝るときには青い蚊帳《かや》を釣った。

縁日の夜店で売っている蛍《ほたる》を買って来て、蚊帳の中へ放し、まるで夢の中の世界へひきこまれたような気分で、青白くたゆたっている蛍の光りをながめていたものだ。

日中は蟬の声。ふりそそぐ強烈な夏の日射し。

〔かき氷〕は、その日ざかりの道を歩む人びとや、汗みどろになって駆けまわり、遊びまわっていた子供たちにとっての〔オアシス〕であった。

氷屋の、細いガラス棒を編んだのれんの中で、氷をかく音が、いかにも涼味をさそっ

た。

老人たちは息を切らせて氷屋へ入って来ると、まず〔かき氷〕を少し手に取って、これを手ぬぐいにのせ、禿《は》げた頭や顔へ押し当てて一息つき、それから器の氷を、スプーンでサクサクと音を立ててまぜながら口へ運ぶ。

いや、当時のわれわれはスプーンなどとは申さなかった。

「匙《さじ》」

といった。

さらに、われら子供たちは、

「オシャジ」

といったものだ。

山盛りのかき氷を零《こぼ》してはもったいないと、小さな手で先ず氷を器へ押しつけておいてから、おもむろに〔オシャジ〕を取る。そのときの胸のときめきを、いまも忘れない。

花見とだんご

私が生まれたところは浅草の聖天《しようでん》町で、育ったところも同じ浅草の永住町だが、小学校は下谷の西町にあり、したがって上野・浅草の両公園と盛り場は子供のころの私にとって我家の庭のようなものであった。

学校から帰って日が暮れるまでは、ひろい上野公園で遊び、夜は浅草六区の盛り場を散歩するという、東京の下町の子供たちは、そうしたたのしみをおもう存分味わいつつ育ったのである。

申すまでもなく上野と浅草の花見は江戸時代からの〔名物〕であって、正しくは上野の山内（現公園）と大川（隅田川）の東岸の桜花を見ながら、大人も子供もそれぞれに遊楽の日をすごす。

下町の子供たちは、親に連れられて花見に行くなどということを考えてもみなかった。みんな、自分たちで行く。餅菓子屋で売っている一串二銭のだんごを甘いのと辛《から》いのと一串ずつ買って、私は上野の山の桜花を見に出かけた。

そのうちに、動物園の近くにある〔うぐいす亭〕という茶店で売っている三色だんごというのを見つけて、小遣いがあるときは、うぐいす亭へ入り、白と緑と小豆色の、串にさしてない大振りのだんごをとり、サイダーか何かをのんだりしたものだ。

その上品な甘味、色合《いろあい》の美しさは、私どもの町の菓子屋にはないもので、大人になってからも、うぐいす亭へは年に何度か行くようになった。

近年の私は花の盛りの混雑するときは出かけない。

上野の寛永寺……すなわち江戸時代は、現上野公園の全域をしめていた寛永寺の子院で徳川幕府最後の将軍慶喜が大政奉還の後に恭順謹慎していた大慈《だいじ》院が現寛永寺となったわけだが、ここの境内の数少ない八重桜は、上野山内の桜花の中で、もっとも散るのが遅い。

花見どきもすぎて、しずまり返った春の夕暮れに、あらかじめ買っておいた三色だんごをたずさえ、魔法びんへ茶をいれ、ひとりで、ぶらりと、寛永寺の散りかかる八重桜を見に行く。

むろん、だんごをやめて、酒にするときもある。

そして、寛永寺の許可が得られたときは、中へ入れてもらい、いまも残されている徳川慶喜謹慎の間を見て来るのである。

桜花《はな》は一本《ひともと》か二本《ふたもと》がよい。

そして、淡い夕闇の中で見るのが好きだ。
また、さらに、桜花は散りぎわがよい。

ポテト・フライ

ビールの季節になった。

仕事が一段落して、まだほの明るい空をながめながら夕飯の膳に向うのは、私のような居職《いじょく》のものにとって、何よりのたのしみである。

私にとってビールの肴《さかな》には、ポテト・フライが、もっとも好ましい。フライド・ポテトではない「ポテト・フライ」である。

東京の下町に育った私にとってこの食物ほど郷愁のごときものをさそうものはない。

ごみごみした下町の肉屋が兼業している、いわゆる「お惣菜屋」で売る板のごときカツ（カツレツではない）、一個二銭のコロッケなどにまじり、ポテト・フライの存在も、かなり大きな位置をしめる。

シューマイほどの大きさに切ったジャガイモにパン粉をつけて狐色に揚げたやつを、私は食事のときにでなくても買ってきては食べた。

菓子屋で五銭のキャラメルを買うくらいなら、ポテト・フライをそれだけ買い、辛いソースをたっぷりかけ、生キャベツをそえてかぶりつくのが、まったく好きだった。

遊び友だちは、

「あいつはポテト・フライばかり食っているから……」

というので「ポテ正」というニック・ネームをつけてくれた。

旅へ出て、ホテルへ泊ったときでも、レストランでも、ビールをのむときに、私はこれを注文する。

こういう食堂では、メニューに「フライド・ポテト」とある。

拍子木に切って丹念にふかしあげたジャガイモを上質の油でカラ揚げにし、皿にもってパセリなどをそえ塩をふって出される。むろんパン粉はつけずに揚げてくるのだ。うまいことはうまいが、とてもとても我家の「ポテト・フライ」には及ばぬ。

我家のは、親指の先ほどに小さく、ころころに切ったジャガイモにたっぷりパン粉をつけて揚げ、むかし通りに生キャベツにウスターソースをたっぷりかけて食べる。

食べると三十余年前の自分に返った気持がする。

もう一つある。

これも子供のころに、よく母がこしらえてくれたものだが、ナスのフライである。ジャガイモがナスに変るだけの違いだが、これが生ビールにはよろしい。

うすく身に切ったナスを揚げ、この上に、やわらかいキャベツをみじん切りにしたものをトマト・ケチャップで和えたものをたっぷりのせて食べる。

つい五日ほど前、少年のころの友達が二十五年ぶりで訪ねて来た。

現在は洋服職人をしているこの友にビールを出し「ポテト・フライ」を出したら、

「へへえ……」

私を見上げて、その友達はにやりと笑った。

そして、

「ポテ正だねえ、こいつは……」

と、いった。

オムライス

ふだんは、古書を相手に〔時代小説〕などというものを書いていて、ほとんど外へは出ない。

それだけに、月に一度の旅行は、私の唯一無二の愉楽であり、健康法でもある。めったやたらに歩きまわることによって、運動不足の手足は、ミシミシと音をたて私を痛めつけるが、二日、三日とたつうちに、仕事を忘れた解放感と、こころよい運動の疲れが旅の宿にねむる私を心ゆくまで、たのしませてくれる。

当然、食欲も倍加する。

前に、新国劇の脚本を書いていたころは、ほとんど劇団の旅興行について行き、脚本を書いたり、稽古《けいこ》をしたりしたものだ。

名古屋の御園座、大阪の新歌舞伎座が劇団における一種のホーム・グラウンドでもあったので、大阪、名古屋には、芝居の仕事をはなれた現在でも非常な、なつかしさを感ずる。

名古屋では、酒をのむときは、御園座近くの〔大甚〕ときまっているし、ビフテキは、柳橋通の〔美吉グリル〕である。鳥は〔宮鍵〕だ。

大阪では、京都では……と書いていたら切りがない。

小説の調べもあって、今では、ほとんど日本国中をまわりつくしている。

小さな村や町へたどりついたとき、ぼくはなによりもまず、オムライスを食べる。

こういうときに食べるために、ふだんは、オムライスを食べない。

オムライス——。

何という、うまいものを日本人は考え出したことか——。

どんな、ひなびた町の、どんな小さな食堂で食べても、このオムライスの味覚に失望したことはない。

なによりも、調理の必然性によるところのあつあつの炒めご飯がよい。オムライスと注文すれば必ず熱い飯にありつけることなのだ。トマトの香りというものが、これほど飯に合うものとは……と食べるたびに、つくづく感じ入る。

黄色い卵の薄皮を匙で割ったとたんに、炒め飯の湯気がわきあがってくる。

そのときの胸のときめき……。

ことに、それが旅の空であればあるほど、ぼくにとっては、この食べものの魅力を倍加させてくれるのだ。

信州・小諸の町の小さな食堂で食べたオムライスに入っていた鶏肉は、すばらしいものであった。

最近では、四国の松山から高知へ行く途中、かの牧野富太郎生誕の地である佐川の町で車をおりて、街道沿いの食堂へ入った。

同行のN氏が親子丼を注文した。

先に親子丼がきて、氏がかぶりついたが

「こりゃ、タタキの親子丼です。ヒナまれですぞ」

と嘆声を発した。

これはオムライスもすごいであろうと思ってツバをのみこんだが、果して期待をうらぎらなかった。

名古屋の鶏にもおとらぬ、ぷりぷりした歯ごたえの、しかもやわらかい鶏肉が玉ねぎとトマトの香りと共に、ぼくの口中へ飛び込んできたものだ。

いまだに忘れがたい。

オムライス——。

何というすばらしい食い物を、日本人は創作したことか。

チキンライスでは、べとつき気味になるトマト飯も卵にくるむとほっかりする。

ああ、オムライスを食べに、旅へ出たい!!

酒に交われば

生まれて、はじめて酒をのんだのは、四歳のときだったという。

もちろん、そのときのことを、私は、よくおぼえていない。

当時、私の一家は関東大震災で東京を焼け出され、一時、埼玉県の浦和へ住んでいた。

父は、日本橋・小網町の綿糸《めんし》問屋《どんや》の通い番頭をしてい、毎朝、浦和から東京へ通勤していた。

父は、大酒のみである。

いくらのんでも、くずれない。

文字どおり、

「女より、酒」

であった。

後年、父と母が離婚してしまい、私は母方へ引きとられることになったが、それ以来、戦後に亡くなるまで父は再婚をしていない。

とがある。

老いてからの父は、よく、

「女なんか、めんどうくさくて……」

と、いっていたものだ。

戦時中に、父と名古屋で会い、父のなじみの旅館へ行き、二人して二升ほどのんだこ

父が苦心して手に入れた闇酒であったが、私が相当にのみこなすのを見て、父は、

「これは、どうも……」

おどろきもし、うれしがりもした。

ところで……。

四歳の私が酒をのんだのも、日ごろ父が一升びんの酒を徳利へつぎ、燗《かん》をしている姿を見ていて、そのまねをしたのらしい。

私は酒をコップに半分ほどつぎこみ、これをみんな、のんでしまったという。

もちろん、たまったものではない。

私が苦しみ出したので、父が台所へ来て、私が酒をのんだことを知り、

「これは大変だ」

いうや、私を抱いて外へ飛び出した。

折から日曜で、父は在宅してい、外は大雪であったそうな。

がして、

「こいつが、いちばんいい」

と、父は、とめる母の手をふりはらい、私の躰《からだ》を、つもった雪の上へごろごろところがして、

「酔いをさまそうとした」

のだそうである。

そして、私はなんでもなかった。間もなく苦しみもおさまり、元気になった。

そのことを、すこしもおぼえてはいないが、そのくせ、同じころに石切場で遊んでいて、落ちて来た石に手をはさまれて怪我をしたときの様子は、おぼろげながらおぼえている。

むかし、新国劇の芝居を書いていたころ、名古屋で、島田正吾氏が、

「いっぺんでいいから、池波さんを泥酔させて見たい。あんたは、酔っぱらって何もわからなくなるようなことがないから、つまらないんですよ」

などといったが、島田自身、泥酔は大きらいなほうだし、泥酔したことも恐らくないだろう。

私の場合は、酒をのんでいても、あたまが冷えているというのではない。

私は、のんでいいて酒がうまくなると、ひかえてしまうのだ。

それが、私にとっては、もっともたのしい酒の飲み方である。上きげんである。はじめ、顔が真赤になり、のみすすむうち、それが平常にもどる。

夜ふけからはじまる仕事がない日に、

「さあ、今夜はゆっくりやろう」

というとき、気の合った友だちとなら、いまでも一升はやれる。

これまで、最高にのんだのは、島田正吾と二人きりで、大阪・北の〔ひとり亭〕という酒亭で三升のんだときだ。

この酒亭は、一風変った店で、肴は、すりおろしたわさびのみ。酒は一升びんをもって来させ、他人をまじえず、二人きりでのんだのだから、明け方に一升びん三本が空《から》になったのを見て、その量がはっきりとわかったのである。

そして翌日。島田は平常通り舞台に立ち、私は宿へ帰って翌月の公演のための脚本を書いたものだ。いまは、とてもできない。
十五、六年前のことである。

酒をまったくのまぬ人に、早死が多いという。

独身者にも、それが多いとか……。

それはさておき、いまの私にとって、酒はまさに、

「百薬の長」

に、なってしまった。

小説を書く仕事は、どうしても運動が不足するし、中年になると、尚更《なおさら》そうなる。そうした躰の血のめぐりをよくするのは、酒がいちばんだ。

酒あればこそ、食もすすむ。

夕暮れに、晩酌をし、食事をすませてのち一時間ほど、ぐっすりねむる。

これで、昼間の疲れが、私の場合は一度にとれてしまう。

按摩《あんま》をする前にも、かるく酒をのんでおくほうがよい。

効果が、倍になるとおもう。

仕事が行きづまり、苦しみ悩んでいるときは、決して酒に逃げない。こういうときの酒は、もっとも躰によろしくない。

酒はたのしい気分のときにのみ、のむ。

「それなら、あんたは毎日、晩酌をしているんだから、毎日たのしいんですか?」

と、文藝春秋の前社長・池島信平氏にいわれたことがある。

「そうです。一日中つまらなかったというのは、一年のうちに二日か三日ですね」

といったら、

「あんたは、ふしぎな人だ」

と、池島氏にいわれた。

いうまでもなく、夜ふけから明け方まではたのしいどころではない。

仕事中だからだ。

この間は一滴ものまぬ。

仕事を終え、ベッドへ入る前に、軽くウィスキーをのむだけである。

その日の仕事が順調にすすんだとき、寝しなにのむウィスキーは、たまらなくうまい。

まあ、私の酒なぞは、他人から見ると　あまりおもしろ味のない酒なのであろう。

だが、いまの私にとって、いざ、やめろといわれても、煙草よりも酒のほうが、はなれがたい気がする。

のめる人のめぬ人

「酒は百薬の長」

と、いう。

私の場合、まさにそれだ。

私のように小説を書くことを業にしているものとか、または、舞台俳優なぞには、酒は絶対に欠くべからざる〔薬〕なのである。

酒がなかったら、おそらく私は、健康を維持できなかったろう。

自分のことを大形《おおぎょう》にいうのも何だが、この仕事は毎日が綱渡りで、明日のことを思い患《わず》らったなら、一日たりとも仕事はできない。今日一日の勝負で、ベッドへもぐりこんだとき、

（明日は、どのように書いたらいいものか……）

などと、おもいあぐねてしまったら、もう、ねむるどころのさわぎではなくなってしまう。

むろん、私にも、そうした夜が月のうちに何度かある。

しかし、私は、晩酌によって、約二時間をねむる。この熟睡こそ、まさに酒の功徳《くどく》といってよい。

酒が、体質的にのめぬ人は、どうしても眠り薬にたよるらしい。これで躰をこわしてしまう。

役者もそうだ。

脚本が初日ギリギリに出来あがり、これをおぼえこみ、演技を練るための苦悩の夜に、酒がのめぬ人は、ほとんど絶望的になる。

酒がのめて、のみ方を知っていて、のめば自分がどうなるか、ということを体験的にわきまえているものは、もう、酒をのみ終ったとたん、暗示にかかってしまうのである。

(さて、よくねむれるぞ。明日は明日のことさ)

このことである。

私が知っている役者でいうなら、前者が新国劇の辰巳柳太郎、後者が島田正吾である。

むかし、新国劇の脚本を書いていたころ、たとえば大阪公演がハネたあとで、次の芝居の打ち合せに、辰巳柳太郎の定宿へおもむく途中、辰巳は道頓堀の饅頭屋で、しこたま、饅頭を買いこむ。

宿へ着き、私が酒をのむのを尻目に、むしゃむしゃと饅頭を頬張《ほおば》りつつ、辰巳が、

「君はいいなあ、酒がのめて……」

と、しみじみいった声を、いまも忘れない。

この人は、ずいぶん、酒をおぼえようとしたのだが、

「ついに、ダメだった」

と、いう。

体質的に、うけつけぬらしい。

このため、初日が近づくと、極度に神経過敏となる。

ねむれぬ夜がつづく。

いきおい、眠り薬をのむ。

このため、健康を損《そこ》ねたとあって、当時は、辰巳の部屋子だった緒形拳が、

「どうしたら、いいでしょう?」

と、私に泣きついてきたことがある。

「いくら、とめても、きかないんです」

「そうか。それなら、うどん粉を薬の紙へ包んでおけ。よし、おれが包んでやる」

「うどん粉……大丈夫ですか?」

「だまって、いつもの、眠り薬だといってのませてしまえばいいんだ」

というわけで、私が、眠り薬の代りにうどん粉を包みこみ、緒形へわたした。

翌日。

大阪歌舞伎座の楽屋へ、辰巳柳太郎を訪ねると、

「や、お早う」

と、晴れ晴れした顔つきになっている。

「元気ですね？」

「ああ、すごいよ」

「よく、ねむれたの？」

「うん、昨夜の薬は、実に、よく効《き》いた。緒形がね、どこからか、アメリカの、いい薬を手に入れてくれたんだよ。ありゃあ、いい薬だ。よく、ねむれる」

「緒形も、いい役者になれそうだな」

「そうかね。いや、まだまだ。あんなのはダメだよ」

十七年も前のことである。

気分転換

私の時代小説の〔背景〕となる時代は、およそ、戦国のころから江戸時代を経て、幕末まで、ということになる。

そうなると、たとえていえば織田信長や豊臣秀吉のごとき〔英雄〕から、下って鼠小僧次郎吉まで描いてゆかなくてはならない。

原則としては、一つの主題、一篇の小説を書きあげるまでは、余念なく、それひとつへ没入してゆきたい。

ところが、なかなかにそうはまいらない。

しめきりが、重なるときなど、昼間に織田信長を書き、夜は江戸時代も末期の市井《しせい》に材をとった世話物ふうの小説を書かなくてはならぬ、というときに、気分の転換がうまくできぬと、非常な苦しみをしなくてはならない。

たとえば、英雄・信長が姉川や長篠の大会戦にのぞむ場面などを描くときは、私自身が信長になりきってしまい、同時に、その信長を別の私が凝視するといった作業をしなくてはならぬ。

激戦、乱戦の戦場を史料にもとづいてあたまへ入れつつ、信長のつもりになって全軍を指揮する。

とにかく、戦場のシーンを描くことは実に疲れるものだ。

信長ばかりではなく、彼と戦う敵将の、たとえば武田勝頼や浅井長政の、

「身にもなってやらねばならぬ」

からである。

こうしたものを書いた同じ日に、全く別の、江戸の下町に生きていた男と女の愛欲のもつれなどをテーマにした小説を書くとき、ひょいと外出でもして、食事をしたり、酒をのんだり……という時間が得られれば、むろん、私もやるが、そうした時間を得られないときは、やはり音楽をきくことが私にとっては、なによりの気分の転換になる。

それも、やたらにきく。

何年もそうしているうち、

(こんなときには、これがいい)

と、無意識のうちに、レコードをえらんでいるようである。

たとえば……。

一九三八年一月十六日の日曜日。

ベニイ・グッドマンが、はじめてカーネギー・ホールへ出演し、満堂を熱狂せしめた実況演奏のレコードなどは、あまりにきくものだから、このごろはテープにおさめてきくことにしている。

このときの演奏は、ジャズ・ファンにとって、まったくたまらないものだ。

この実況は、当時CBS放送が収録した二組のセットのうち、一組はアメリカ国会図書館へおさめられ、残りの一組をグッドマン自身が所蔵していたのをすっかり忘れていて、十二年後にこれを発見し、テープにとり直したものだという。

いずれもグッドマン楽団最高のスター・プレイヤーをそろえた名演であって、ライオネル・ハムプトンのヴァイブ、ジギー・エルマンのトラムペット、ステイシーのピアノに、若きジーン・クルーパのドラムと、いやもう、役者がそろっている。

当夜、最高の名演とうたわれた〔シング・シング・シング〕におけるクルーパのドラムソロもすばらしいが、ステイシーのピアノソロにいたっては、なんとも筆舌につくしがたい。

ま、こんなレコードをきいているうちには、しだいに気分も変ってくるのだ。

また、自分のこころに、

（もっと、情感をあふれさせたい）

と、おもうときなどは、エラ・フィッツジェラルドとルイ・アームストロングがかけ合いで唄う〔サマー・タイム〕などもよい。

私のもっているレコードは、〔エラのすべて〕という二枚組のものであるが、この二人の共演による〔サマー・タイム〕は、まさに〔絶妙〕のことばがぴったりである。いうまでもなく、ガーシュインの〔ポギイとベス〕の中のナンバーだが、この情感のこもった子守唄を、エラもサッチモも、まことに素直なフィーリングで唄っている。それでいて、二人は歌手としての全身全霊をこめて唄いあげているものだから、たまさかには、四十をこえた私が、きいていて泪《なみだ》ぐむことすらある。

同じ意味で、名人・五世清元延寿太夫の〔角田川《すみだ》〕も、わたしにとってはたいせつなレコードである。

この浄瑠璃《じようるり》は、人さらいにさらわれたわが子の梅若丸をたずね、はるばる都から下って来た狂女が、隅田川のほとりにかかり、渡し舟の舟長《ふなおさ》から、病死したわが子の塚の由来をきいて、泣き伏す、というものだが、あるとき、来日した若いアメリカ女性が、この延寿太夫の〔角田川〕をレコードできいて、

「これをきいて、何を感じられましたか?」

と、たずねたところ、

「わたくしは、三歳で亡くなった、わたくしの妹をおもい出しました」

と、日本語をまったく解さぬ彼女が、両眼をうるませつつこたえたそうである。

前述の〔サマー・タイム〕といい、この〔角田川〕といい、すぐれた歌唱、演奏による名曲は、国境を越えた理解を生むものだといえよう。

また、すこし構成の上で小説がまとまらぬときなど、よくきくレコードは、ムソルグスキーの〔展覧会の絵〕だ。数種もっているけれども、このごろは、カラヤンとベルリン・フィルの最新盤をよくきく。

こういうくせがついていると、その曲をきいたとたんに、はっと書けてゆくことがたびたびのことなのだ。

私は、小説だけで生活するようになってから、十余年になるが、何日も家にこもって仕事をしているとき、無意識のうちに、何度も衣服を着替えていることに気づくことがある。

そうして、はじめて、子を育て家事を切りまわして余念なくはたらき、一年を送りつづける女たちのこころが、なにか、わかったような気もしている。

彼女たちの生活に、あれほど大きな位置をしめている衣服への関心は、やはり一つの気分転換として、ぜひとも必要なことなのであろう。

「だれに見せるために……」

でもなく、それは彼女たちの生活と人生に欠くべからざるものだ、ということがよくわかるようにおもえる。

いずれにしても、変らぬ環境の中で、小説を書くということは、あまりらくではないが、時代小説というものは厄介なもので、自宅でないと執筆ができない。私などは、あまり史料を必要とせぬほうなのだが、それでもやはり、わが家の小さな書庫をはなれて仕事をするということはできかねる。

気の毒なのは、わが家の女たちであって、私が旅行中のときなどは、彼女らの顔に生色がみなぎっているそうだ。

映画楽しみ40年

あれは、たしか十二歳のころであったとおもう。

浅草の家で、叔父が小刀《こがたな》で鉛筆を削っていた。その前で私が大声でさわいでいた。

「うるさい」

と、叔父が癇癪《かんしゃく》をたてて、小刀の柄《え》で机をたたいた。

そのひょうしに、小刀の刃のほうが柄からぬけて飛び出し、私の左股《もも》へ突き刺さったものである。

私は平気であったが、叔父は仰天し、顔面蒼白《そうはく》となって、私を抱きかかえた。

叔父が私を背に負い、近くの医師へ運び、傷の手当てをしてもらった。

私が通学している小学校の校医でもある医師がいった。

「一週間ほど、学校をやすむんだね。よしよし、私が校長へ電話をかけておいてあげよう」

翌日。

私の親友である、カフェーT軒の息子の良ちゃんが見舞いに来てくれた。見舞いの品は〔ベイゴマ〕十個である。

「ありがとう、良ちゃん。ところで、いま、鳥越キネマで嵐寛寿郎《アラカン》の右門捕物帖をやってるけど、見たかあないかい？」

「見たいな、そりゃ見たいよ」

「よし。おごってやろう」

「だって正ちゃん、そのからだで……」

「竹の杖をひとつ、こしらえて来ておくれよ」

「よしきた」

というので、一週間の休みをさいわい、私は毎日のごとく、竹の杖をひいて映画を見物してまわったことがある。

少年のころは、かように日本映画ばかりであったが、もっとも洋画を見た古い記憶は、母につれて行ってもらったフランク・ボザーギ監督の〔第七天国〕であった。

ジャネット・ゲイナアとチャールス・ファーレルという、当時の洋画ファンのアイドル・コンビが主演したものだが、第一次世界大戦で盲目となった主人公が、恋人が住むパリのアパートの〔らせん階段〕をのぼって来るところを、俯瞰《ふかん》でとられたショットを、いまだにおぼえている。

現代とちがって、戦前の若者たちにとっては、映画が、人生に「なくてはならぬもの」であった。

そして欧米の文学に親しむにつれ、映画見物はなおさらに、切っても切れぬものとなったのである。

デュヴィヴィエやクレールやフェーデはフランスの、フォルストはドイツの、フランク・キャプラやキング・ヴィダーやレオ・マッケリイはアメリカの……それぞれの風土や風俗や、男女の生活や、社会のうごきを、映像の上に語りつくしてくれた。

当時も現在も、私は映画を見るときには、これを自分の仕事との関連においてではなく、ただもう、映像の中へ溶けこみ、そのリズムにひたりきって見るのである。

だが、それにしても、これまで四十年にわたる一映画ファンとしての人生は、どれだけ私にゆたかな実りをもたらしたか、はかり知れないものがある。

私は、むかしから特定の好みに合わせて映画を見てはこなかった。

好きな監督、好きな俳優はもちろんいるけれども、それにこだわらない。

このため、スクリーンの上で、世界中の国々の風景を見、その変遷にもふれることができた。

私同様に映画好きで、しかも、世界各国へ旅行している友人の一人がいうには、

「デュヴィヴィエやリーンや、フェリーニやワイラーが、精魂をこめてつくった映画に

とり入れられた風景は、実物よりもすばらしい」

そうである。

すぐれた映画というものは、その時代時代のリズムを、絶えず新しくきざんできた。刻々と変転する時代のながれが生み出す新しいテーマとフィーリングを、たくさんのスタッフがちからを合わせ、新鮮な才能を凝結して映画化するわけだ。それこそ〔映画〕なのである。

それが、わずか二時間前後で吸収できるということは、なんとすばらしいことであろう。

戦後は、キャメラのレンズが非常な発達をとげ、さらにそこへ、色彩が加わった。フィーリングのスケールがひろく、大きくなったのである。

いまの私は、仕事がいそがしくもあり、とても、むかしのように月三、四十本の観賞をたのしむことはできないけれども、テレビ映画は別として、街へ出て見る映画は十五本を下るまい。

一週間も映画を見ないと、生理的な飢餓感をおぼえ、生活のテムポが狂って来るようなおもいがする。

のみならず、何百年も前の日本と日本人を素材にして時代小説を書いている私自身の仕事と現代とのむすびつきを、私は内外の映画観賞によって感覚的におこなっているようにおもう。

これはむろん、無意識のうちにではあるが……。

賀状

正月が来ると、私はもう翌年の年賀状を考え、これを注文してしまう。気が早いのにもほどがあるというので、

「もしも今年中に、あなたが死んでしまったらムダじゃありませんか」

と、家人もあきれているのだが、しかし、この位に早目でちょうどよいのだ。千枚ほどの賀状を全部自分で書くのだし、ことに今年のように住所が変更になったり、郵便番号がきめられたりすると、全部を書き終えるのが、けっこう十一月をすぎてしまう。

車輛《しやりよう》一つ、道路一つが管理出来ぬ政府が、米や郵便についてはむり強いに強圧的な変更をおくめんなくやってのけるのには、まったく困ったものである。

こういうことなら、国民もいやいやながらがまんをするだろうとタカをくくっているのだ。

さて……。

賀状などというものはムダなものだという意見もあって、それはそれでよい。

だが私などは年ごとに賀状には凝《こ》るほうである。デザインを考えたり紙質をえらんだりすることがたのしく、また、そうした細かい俗なことに気をつかうのが、とりも直さず、私の書く時代小説の基盤になっているのだから、私は俗に生き、世俗にひたりこんで生きている。

相手の賀状をもらってから、そのもらった人あてに書いて出すやり方もあるらしいが、そんなことなら、いっそ出さぬほうがよろしい。

賀状というものは、そうしたものではあるまい。

年に一度のあいさつのやりとりで、年に一度も会わぬ知人が多いのだから、いちいち自分で書き、その相手の名をみて旧交をなつかしくおもいうかべるのは、うれしいことである。

そうしたゆとりをもちながら賀状の宛名を書きたいので、正月早々、来年のを注文しても私には決しておそくはないのだ。

注文して出来上がってくるのが三月はじめごろで、それから月に何枚か、ゆっくりと書きたい。

今年はダメであったが、出来るなら毛筆でやりたい。

というのは、習字をやりたいのだが、なかなかに暇がなく、習字がわりといっては何だけれども、筆と硯《すずり》と用箋はいつも机上におき、手紙をもらったら、すぐにその場で、毛筆で返事を書いてしまう。

そうして、少しずつでも生来の悪筆をなおしてゆきたいし、ふしぎなもので、またいくらかはマシになってゆくものである。

このごろは電話が普及して、手紙をもらうことが少なくなったけれども、私が長野市で常宿にしている「五明館」の隠居などは文通だけの老友でいながら、春夏秋冬たがいに、相手のことをおもい考え、手紙のやりとりをしている。私が五明館へ泊っても「ごいんきょ」は決してあらわれないし、私もまたこの老友をたずねようともせぬ。

そこには何やら一種の「ゆとり」と詩趣が生まれてくるのを、たがいにたのしむのである。

先刻、この老友から手紙が来て、

「……この八月に年賀状を注文いたしましたところ、印刷屋に笑われました」

と、ある。

私が年賀状をたのむ印刷屋などは、もうなれきってしまい、

「どうせ三月までに刷ってやればいいのさ」

などといっているらしい。

猫とわたし

私の家では、私が子供のころから猫を飼いつづけてきているので、猫のいない生活というのは、もはや、

「考えられない」

のである。

終戦後、住む家がなくて、母や弟とも離れ離れになり、それぞれの勤め先で起居するようになったのだが、母と私は依然、猫を飼いつづけていたものだ。

私のは〔女〕の捨て猫で、名前を〔ルル〕とつけた。

小さな、痩《や》せた黒い猫で、非常におとなしく、日中、私が勤務中には決して役所の中へ入って来ず、夕暮れとなり、所員が帰宅してしまい、私がひとりになると、どこからともなく入って来て、私と共に夕飯を食べるのである。

当時は、いうまでもなく人間一匹が食べて行くのも困難な時代だったのだから、母も私も、ほんとうに猫ひとりを飼うのに苦労をしたものであった。

この〔ルル〕は、やがて私が結婚をし、現在のところへ小さな家を建ててからも一緒に暮していた。

当時は家人も勤めに出ていたものだから、家の中に〔ルル〕を残し、鍵をかけておく。半年ほどして、彼女の躰が弱りはじめた。

そうした或日。

家人が帰宅して表戸の鍵を開けると、その玄関の土間でまるで、戸にしがみつくようにして、〔ルル〕が死んでいた。

家人の帰りを待ちかね、苦しみをこらえつつ、玄関で待っていたものであろう。

というわけで、家人にとっては、この〔ルル〕の印象が、もっとも強いらしい。

私は退屈しのぎに猫をおもちゃにするので、たいてい嫌われてしまうのだが、シャム猫だけは別だ。前の〔サム〕もそうだし、いまの〔フロ〕もそうで、深夜から朝にかけて机に向っている私のひざへ乗り、原稿紙へ走るペンのうごきを飽きもせずにながめている。
〔フロ〕は生後一年ほどアメリカ人の家庭にいて〔フロライン〕と名づけられていたのだが、呼びにくいので〔フロ〕にしてしまった。アメリカ人のしつけがきびしかったと見えて、食膳には決して手を出さぬ。
猫の名をつけるのは、母の役目で、わが家では、いま猫二匹、犬一匹を飼っているが、そのほかに、八匹の野良猫を食べさせている。

その名は、
一、ハナグロ（鼻の頭が黒いから）
二、ヤス（いちばんみすぼらしい容姿をしているので）
三、ナキ（よく鳴くから）
四、イタチ
五、男の〔スリ〕
六、女の〔スリ〕
スリというのは掏摸《すり》のようにすばしこいからだそうな。

そして、それらを生んだ夫婦猫が〔オトーサン〕と〔オカーサン〕である。

毎年、夏になると〔家畜霊園〕から施餓鬼《せがき》の行事を知らせてくるし、むろん十何匹も葬《ほうむ》った猫たちの回忌の知らせもくる。

「この原稿の原稿料で，みんな（犬と猫）に何かうまいものを食べさせてやっとくれ」

と、いま、私は母にいったところだ。

鬼の居ぬ間

先日、一週間の沖縄の旅を終えて帰宅した翌朝。食事をしている私に茶をいれてくれながら、七十になる老母が、

「今度の旅行は、いつだえ?」

ときいた。

「今度は、五月の十日ごろから四、五日。伊勢から紀州へ行く」

「ああ、そうかい」

と、老母はたちまちに自室へ入り、大きなカレンダーへ、私の旅行予定の日づけを赤鉛筆でつけはじめた。

老母のみではなく、家人も、私の旅行をどんなに待ちかねていることか……。

まさに、

「鬼の居ぬ間の洗濯」

であるからだ。

居職のこととて、もう十何年もの間、日がな一日、家にいて、着るもののことから食べるものに至るまで、好き勝手なわがままを通し、口やかましい〔おやじ〕になってしまった私は、老母と家人の、〔共同の敵〕に、いまやなってしまった。

私が旅へ出てしまうと、二人は、毎日のように〔お茶づけ〕で、すこぶる簡単に食事をすませ、こころおきなくテレビの前に陣取り、親しい友だちや親類の人びとをまねいて、のびのびと語り合う。これがまた、なによりの女のたのしみであるらしい。買物に出ても帰宅時間を気にすることなく、おもいのままにデパート見物もできる。家人も実家へ出かけ、実母をよろこばすことができる。私の母と家人の母が泊りに行ったり、泊りに来たりする。

「明日、帰りますよ」

と、家人が告げると母は、

「もうかい」

おもわず、ためいきをもらすそうな。

だが、しかし、わが家の〔姑と嫁〕にとって〔共同の敵〕となりおおせるまでには、私も相当に苦心をしたし、およそ十年の歳月を要した。私を〔共同の敵〕とすることによって、姑と嫁はおもいを一つにすることを得るのである。双方に対して、いささかの〔えこひいき〕をせず、今日は家人を叱れば、かならず明日は母を叱った。叱りつけるばかりではなく、彼女らにあたえるものも、差別することなくしてのけてきた。

年に一度、かならず私は、両人を観光旅行につれ出したし、これは現在、いかに多忙をきわめても、やり通している。母をつれて行くときは、かならず家人の母もつれて行ったものだ。これは遠からず家人の母の躰がおとろえ、どこへも出られなくなるであろうことを感じたからで、この二、三年は家人の母が予見どおり、ついにうごけなくなってしまった。だがこのため、双方の母がまことに〔仲よし〕になったことは否めぬ事実で、その余慶は、いろいろなかたちで私自身へ返ってきた。

なんにしても、私のような仕事は、家族のよき協力がなくては、事がスムーズにはこばなくなる。どこよりも家庭の居心地がよくなくては、一枚の原稿も書けぬ。

ゆえにこそ、家族を叱咤《しった》しつづけてきたが、近年ようやく、なにごとも渋滞なく事がすすむようになった。

もっとも私にとって、これは〔苦心〕でありながら、一つの〔たのしみ〕でさえあったともいえる。男が家庭をととのえることをめんどうがっては、他の仕事の何一つやってのけられない。おもしろがって糸を引いたほうがよい。

この春。

母は一人で新聞社の旅行で、吉野山へ花見に出かけるという。

そこで、老母のつきそいとして、私は叔父（母の実弟）に行ってもらうことにした。

これは別に母が、つきそいの必要なほどにおとろえているわけではないのだが、二人きりの姉弟で、むかしからまことに仲がよろしく、この機会に老いた姉弟が家族たちとはなれ、二人きりで旅行をたのしむことになれば、老母にもよろこんでもらえると考えたからだ。

と……。

ここまで、この稿を書いたとき、電話が鳴った。

家人は、買物に出て留守である。

「おい、おい!!」

と、私は、書斎から階下へ大声を投げた。

「何をぼやぼやしているのだ、電話が鳴ってるぞ!!」

「はい、はい……」

老母の返事がきこえた。

電話は、私へのものではなかったらしい。

「おとうさんじゃないよ」

母が大声で告げ、自室へ入ったようである。

いま私は、母が、カレンダーへつけた私の旅行予定日をにやにやしながらながめている姿を想いうかべつつ、ペンを置いたところである。

4

福島正則と酒

正則は、少年時代の名を〔市松〕といい、加藤清正などと共に、豊臣秀吉の小姓となったのが世に出るはじまりであった。

そのころの秀吉は、いうまでもなく織田信長の家来・木下藤吉郎だったわけだが、のちに信長が世を去り、藤吉郎が豊臣秀吉となって天下の大権をつかむに至るや、正則も清正もそれぞれに出世をした。

正則は、かの〔賤《しず》ケ岳《たけ》の七本槍〕の筆頭とよばれるほど、若いころから武勇にすぐれ、

「於市の槍は、わしが宝ものじゃ」

などと、秀吉をよろこばせた。

それで福島正則もよい気もちになり、あるとき、僚友の加藤虎之助（清正）をつかまえて、

「おれが槍は、宝ものだそうな」

得意げに自慢するや、加藤清正が、

「殿は、おれにもそう申された。於虎の槍は、わしが宝ものじゃと……」

「なあんだ、つまらぬ」

二人とも、ばかばかしくなり、大声に笑い合ったという。

このはなしは、太閤秀吉の〔人づかい〕のうまさがユーモラスに出ているが、戦国の時代も、正則が若かったころは、どことなく、主人と家来、戦友と戦友の胸に通い合うなにものかがあって、正則も大へんに、あたたかいこころのもちぬしであったらしい。

出雲の国・松江の城主・堀尾忠氏の家老で松田左近という武士を、福島正則は非常に気に入っていて、たまさかに会うと、二人きりで酒をくみかわし、語り合った。

あるとき……。

伏見城にいる豊臣秀吉のごきげんうかがいをすました堀尾忠氏が、城の大手門を出て来ると、一足先きに出ていた福島正則が待ちうけていて、

「このたびは、お国もとから松田左近どのを召しつれませぬのか？」

「いや、召しつれてまいりましたが、大坂にて病いにかかり、臥《ふ》せっております」

「それは、いけませぬな」

その、松田左近の泊っている大坂の旅宿をきくや、正則は、尾張・清洲二十四万石の大名でありながら、供もつれずに只一人、馬を飛ばして大坂へ駈けつけた。

このあたりは、江戸時代の大名に見られぬ戦国の世の大名の仕様《しよう》をしのばせるではな

いか。

「病いときいたが、大事ないのか？」

と、大坂の旅宿へ駈けつけてくれた正則の友情のあつさに、松田左近は感動の泪《なみだ》をうかべ、

「かたじけのうござる」

「なんの、して病いは？」

「殿の御供をして、こちらへ出てまいる途中、足をくじきました。不覚のいたりでござる」

「では、怪我か……」

「はい」

「では、酒をのめるな？」

「はい。のめまする」

「のもうではないか」

「はい」

と、松田左近は自分の家来をよびつけ、ふところから金を出し、

「清洲侍従さまへのおもてなしじゃ。酒をもとめてまいれ」

「はっ」

「侍従さまとわしとは、いつも、こうして、先《ま》ず一、こん。それから、また一、こんと……」

と、いつも二人でくみかわす酒の量をはかりながら、酒代の金を数えている松田左近をうれしげにながめていた福島正則が、

「もてなしは受けようが……そのように、たくさんのんでは、おことの足の傷にも悪いではないか」

「いや、かまいませぬ。せっかくにお見舞い下されまいたおこころざしに対しても、たくさんにのまねば……」

「いや、そのようにもったいないことをしてはならぬ。躰《からだ》にわるい酒を買うては金《ついえ》がもったいない」

と、押しとどめ、

「二人して、なみなみと一杯ずつ、それでよろしいではないか。それならば、こころうれしゅう御馳走になろう」

と、いった。

「それでは……」

というので、二人は木盃の一杯の酒をたのしみつつ、語りあかしたのである。

二十四万石といえば、一万何千人もの家来をもつ大名で、しかも福島正則は天下にそ

れと知られた人物である。

それにしては、いかにもつつましく、質素な酒のたのしみ方におもわれるが、戦国時代の大名、武士の酒のたしなみ方というものは、およそ、こうしたものであったろうとおもわれる。

それほどに酒は貴重品であったし、それほどに、そのころの人びとは上下を問わず、物を金を大切にあつかったものらしい。

また、それだけに……。

彼らは、しみじみと、ふかくふかく、酒を味わっていたにちがいない。

敵討ち

十五年ほど前のことになるが……。

たしか〔電通〕の主催で、医学に関する座談会があり、その席上、ガンの手術で有名なN博士から、次のようなはなしをきいたことがある。

それは、N博士のたしか後輩にあたる若い外科医のことであった。仮に名前をA氏ということにしておこう。

「そのAがね、嫁をもらいましてね。それがすばらしい美人なんだ。いや美人というばかりじゃなく、実にその女らしい、こころのやさしい女性だったもんだから、もうAのやつ、有頂天《うちようてん》になってしまってね。ところがだ……」

ところが、その美人の細君は新婚半年にして急死をしてしまった。

なんでも釘をふみぬいたのが原因で破傷風をおこして死亡したのだそうだ。

A氏の悲観、絶望は当然であったろう。

N博士は、

「その後、Aはねえ、自殺を三度もやりかけたのですよ」

と、いわれた。

その自殺の一度目は……。

「鉄道の踏み切りに立っていてね、列車が来たところを見はからって飛びこんだのだが、勢いがよすぎて線路を飛びこしてしまい、それで助かっちまった」

そうである。

その二度目。

「海水浴場へ行きましてね。崖の上から、海の深いところへ飛びこんだんだよ。むろんAは泳げない。今度はうまく行ったとおもったら、ちょうどその、監視員が望遠鏡で彼が飛びこむところを見ていたのだね。それっというので、たちまちモーター・ボートを出してAを助けちまった」

ということだ。

その三度目。

「それで友人の医師たちが心配してね……あいつ、悲観して何をするかわからん。ちょっと、みんなでなぐさめに行ってやろう……こういって三人ほどでね、休日にAの家へなぐさめに出かけた。ところがですよ、ちょうどそのとき、A君、カルモチンか何かのんで服毒自殺をはかったところだったんだな。みんな、もうびっくりしてね。毒薬のびんがころがっているし……、それっというので、そこはお手のものの応急処置をほどこし、Aを病院へかつぎこんでしまったので、またも、いのちが助かっちまった」

と、こういうことになる。

この後、友人たちのはげましをうけてA氏は立ち直り、やがて縁あって二度目の妻を迎えた。

これが非常な美人の上に、何から何までA氏はいうところがないという女性。

A氏の人生は、この女性を得て一変した。前の細君がいたときの層倍の張りきりぶりで仕事もするし、酒ものむし、後妻のよろしさを友人たちにのろけまわるというありさま。

「ところがですよ……」

と、N博士いわく。

「その幸福の絶頂にだね、A君、自動車にはね飛ばされちまったんです。それがね、ちょいと車にカスられただけで、別にひどい傷をうけたわけじゃあないんだが、倒れた拍子に頭を打った、その打ちどころが悪かったのですな。つまり頭底出血というやつ。で、ね、あっさりとA君、死んでしまったのですよ。私はそのとき、つくづく人間の寿命というものを感じましたね。人間、いくら死のうとしても死ぬときが来るまでは死なないし、いくら、生きるよろこびにひたっていても、死ぬときがくれば死ななくてはならんのですなあ……」

以上が、N博士の語られた〔はなし〕であるが、六年ほど前に、私はこれを時代小説の世界におきかえ、武士の敵討《かたきう》ちの主題と合せて〔運の矢〕という四十枚ほどの短篇小説にし、〔オール讀物〕へ発表した。

A氏の物語が、どのように変えられて〔時代小説〕の舞台へあらわれたか、それをのべてみたいとおもう。

もちろん、この小説は、はじめから終りまで〔虚構〕のものとして構成されたわけだが、主題そのものには、N博士のかたるところのA氏の〔人生〕という〔真実〕が厳として横たわって、それへ、作者としての私の共感がふくめられている。

〔運の矢〕のストーリーは、次のごとくである。

その書き出しは、

天野源助は、信州・松代十万石、真田伊豆守の家来で〔勘定方〕に属していた。硬骨をもって自他ともにゆるす父の八太夫とは、まったく性格もちがい、天野源助へ貼《は》りつけられた〔小心者〕のレッテルは、容易に剝《は》がれそうもない。

と、あって、この天野源助が、すなわち〔A氏〕ということになる。

この源助は武士にあるまじき臆病者で、軽度な地震ひとつにも顔面蒼白《そうはく》となってふるえ出すものだから藩士たちの軽蔑ははなはだしいものがある。

しかし、家老の原八郎五郎は、

「今の世には二通りのかたちがござる。それは武道に秀でたるものと経理や学問の道に達したるものと、この二つにて、双方とも武士の心得として無くてはならぬもの――なれど、国の治政については経理に達したる武士の方がお役にたち、重き役目を身をもって果しおることはご承知の通り。天野源助の経理の才能を、それがしは、わが真田家における宝物の一つと考えております」

と、いっている。

この天野源助の妻さかえは、醜女だが性情きわめてやさしく、夫の源助ばかりか、父の八太夫へもよく孝をつくし、源助はこの妻を溺愛している。

この妻のさかえが、軽い風邪をこじらせたのが原因で急死してしまい、天野父子の悲しみは深刻をきわめ、ついに源助は、千曲川へ入水して自殺をはかる。ところが、これを目撃した足軽の内川小六がすぐに追いかけ源助を助けてしまう。

次に源助は、城下外《はず》れの道で、暴れ牛に出会い、この牛の角にみずから躰を投げかけるがタイミングをあやまり、紙一重《ひとえ》の差で牛は源助とすれちがい、彼方へ突進し去る。

こうした最中《さなか》に、源助の父の天野八太夫が同藩の森口庄五郎とあらそい、斬殺されるのである。

源助は亡父の〔仇討《あだう》ち〕の旅に出かける。

愛妻をうしなった彼は、むしろ敵の森口と出会い、返り討ちになることをのぞんでいる。斬られたいとさえおもっている。

半年後。

二人は、中仙道・美江寺の宿外れで出会い、斬り合いとなるのだが、皮肉なことに死をねがう源助の無心の刃が、かえって強敵を倒してしまうのだ。

故郷へ帰った天野源助は父の敵を討った〔名誉〕と、二度目の妻を獲得するに至る。

この妻・清乃は美女である上に、前妻さかえにまさるともおとらぬやさしい女性なので、源助は再び〔家庭の幸福〕の中にひたり、性格まで一変する。役目にも大いにはたらき昇進もする。

この幸福の絶頂にあって、源助はある日、城下の天光院の和尚を訪問し、夕暮れになって道へ出たとき、江戸からの急使の早馬にはね飛ばされ、あっけなく死んでしまう。

簡単にストーリーをのべたが、前述A氏の実話と、それを時代小説化した私の物語とを、くらべていただくと、私の〔小説〕つくりの過程の一端がおわかりになれようか、とおもう。

〔運の矢〕の物語は現代にあったものを、二百年のむかしを舞台にして、人物の性格もすべて私のものとし、つくりあげたものだが、どちらかというと、はっきり史実にあるのを小説にするよりも、このほうがむずかしいのである。

〔天野源助〕という人物に、A氏の人生が乗りうつり、作者としての私が同化してしまわなくてはペンをとれぬ。

　わずか四十枚の短篇ではあったが、ペンをとるまでの数日間は実に苦しく、つらかった。

　敵討ち、または仇討ちの制度は、封建の時代に確立したといってよい。

　封建時代（江戸時代）というものは、天皇の領域以外の日本の土地を、将軍（幕府）が諸大名にわけあたえ、大名それぞれにわが封土を治めた時代をさす。

　これら大名の上に、徳川幕府という日本全体を統治する〔政権〕があったわけである。だから……。

　A大名の領国とB大名の領国とでは、それぞれの風土景観がちがうように、法律も制度もまた異なる。

　政治の大要は幕府を中心にしてうごいてゆくのだが、A国もB国も、一個の〔国〕であった。

ゆえに、たとえば信州・松代十万石、真田家の家来なり領民なりが人を殺し、越後・新発田《しばた》五万石、溝口家の領国へ逃げこんでしまえば、もう真田家の法律は適用されないことになるのだ。

当時、日本には無数の国境が存在したのである。

逃走した殺人犯が国境を越えてしまえば、みだりに追手の人数をさし向けるわけにもゆかない。

だからといって〔殺人犯〕が国境を越えてしまえば安全だというのでは、たまったものではない。

そこで、

「殺された者の肉親が犯人を追って行き、死者のかたきを討つ」

ことが容認された。

正当な敵討ちであれば、武士の場合、領主から日本全国共通の〔敵討ち免許状〕が下付されるし、もちろん、幕府へもこのことが届け出られる。

つまり〔敵討ち〕は、復讐をふくめた制裁のことだが、いくら肉親のかたきを討つといっても、親のかたき以外の、伯父伯母、妻などの敵討ちという場合は、事情によって許可されるし、兄のかたき討ちはよいが、姉や弟妹のかたき討ちは先ず、正式の許可が出ないことになっている。

なんといっても肉親を殺された家族たちが犯人をうらむことは、むかしも現代《いま》も変りがないことであって、暴走運転手に肉親をひき殺された家族が、

「あの運転手を殺してやりたい!!」

と叫ぶありさまが、よく週刊誌などに報ぜられている。現代は日本の法律が犯人を追い、これを裁いてくれるから肉親も親族もこれにまかせている。

けれども、封建の世は前述の状態であったから、肉親のうらみをこめた制裁が、直接に犯人の心身へ加えられるのである。

現代人から見ると、まことに〔野蛮〕におもえようが、当時の西洋諸国にくらべれば、日本の〔敵討ち制度〕は、まだしも文明的であったといえよう。

主人もちの武士である場合。人を殺して逃走すれば、自分の家もつぶれてしまい、家族も陽蔭《ひかげ》の道を生きて行かねばならぬ。

その上、殺した相手の子なり弟なりは、犯人である自分を追って故国を発し、血眼《ちまなこ》になって旅の空をさがしまわらねばならぬし、自分が討たれぬかぎり、彼らの家も家族も正常な状態にはもどらないのである。

ことに、その殺人の原因が下らぬ喧嘩さわぎなどであった場合、取り返しのつかぬことになるのだ。

武士たちは、こうした事実をよくわきまえており、だから、よほどに身をつつしんで

いたとおもわれる。人ひとりを殺した為、多勢の人びとが苦しむことになるからだ。

武士の真の心得というものは、もし人を殺したなら、自分もその場で自決してしまわねばならない。

こうすれば、敵討ちの悲劇だけは食いとめることができる。

〔悲劇〕といったが、まさに、それである。

運よく、短かい年月の間に目ざす敵を見つけ出し、これを討ちとることができればよいが、十年二十年かかっても、なかなか当の敵にめぐり合えないことがある。

ひどいのは四十年もたってから、やっとめぐり合い、討ち果したときは敵も七十をこえた老人、自分も六十すぎの老体となっていたという例もある。

敵のほうでも、

(いつ見つけられて、刃《やいば》を突きつけられるか!……)

不安と恐怖にさいなまれつつ、旅から旅へ逃げまわる。かくれて住んでいても、一日として安眠することができない。

敵を討つ方も同様であったろう。

(いつ、返り討ちにあうやも知れぬ)

なのだ。

敵は、こちらを返り討ちにしてしまえば、たちまちに我が身が安全となるから、もしも敵が先にこちらを発見した場合、そっと、かくれて後をつけて来て、こちらがねむっているところを襲撃し、返り討ちにしてしまうということが充分にあり得るわけだ。だから討つ方もこわい。夜も安眠できぬのである。

　こんな例もある。

　討つ方が、全く腕に自信がない。

（とても、あの敵には勝てぬ）

　と、きめこんでしまっている。

　ところが、敵討ちの旅に出てから一年後に、街道を行く当の敵を発見した。

（いた!!）

　本来ならば、おどり上ってよろこび、すぐさま名のりをあげて斬りかかるところなのだが、

（と、とても勝てぬ……）

　恐怖ばかりが先に立ち、手も足も出ない。しかし、見逃すわけにもゆかぬ。この敵を討たねば故郷へも帰れぬし、家族にも会えぬ。武士の掟《おきて》で自分の家も立たぬのである。

　で……仕方なく、敵の後をつけて行った。

　つけて行ったが、こわくてこわくて斬りかかることができない。

　こうして約十八年もの間、びくびくしながら討つ方が討たれる方の後をつけて旅をつ

づけた。討たれる方はこのことに全く気づかずに十八年を旅に暮しつづけていたのである。

この反対に……。

討たれる方が、討つ方を先に発見した。

ところが敵のほうが弱い。

(なんとか一つ、返り討ちにしてやろう)

と思うのだが、こわくて手が出ない。

仕方がないので、

(よし、討つ方のうしろへぴたりとついていれば、おれを見つけることはできまい)

ときめ、討たれる方が討つ方の後へくっついて歩いた。

この場合は、何と二十四年も、こうしたかたちで旅がつづけられたのである。

そのうちに、討つ方が病気となり、ついに失明してしまった。

それでも尚《なお》、杖にすがりながら、敵をさがしもとめて歩いている。こうなると故郷の親類も実家もかまいつけなくなってしまうから、当人は乞食同様の姿で旅をつづけなくてはならない。実に悲惨なものだ。

(ああ、気の毒にな……)

と、今度は敵のほうが同情してしまった。

二十何年も、ぴったりとうしろへついて暮してきたのだから、これはもう一種異様な感情が生まれてきたのであろうか……。

討つ方の眼が全く見えなくなって、ついに行き倒れ同様となったとき、敵のほうが、もうたまりかねてしまい、返り討ちにすることも忘れて駈け寄り、抱きおこして懸命に介抱した。

眼が見えないのだから、敵の顔もわからぬ。

第一、二十四年もたっているのだから、顔を見たとしてもわからなかったろう。討つ方は十七歳のときに故郷を出ているのだ。それがいま四十をこえている。

こうして……。

討つ方は討たれる方の看病をうけ、その親切に感謝しながら息をひきとってしまった。二十余年もさがしもとめていた敵とも知らず、その腕に抱かれて、である。

討つ方も討たれる方も、絶えず人生の断崖のふちをわたりつつ、逃げて、追って、必死の生活模様を展開するのだし、その状態も多種多様である。

時代小説を書くものが執筆意欲をそそられるのも当然であろう。

私も、史実に即した仇討ちや、すべてをフィクションの構築によって書いた仇討ちをまとめた本を二冊ほど出した。

これからも尚、仇討ち小説を書いてゆくことだろうが、彼ら（討つ方と討たれる方）

の生態を原稿紙の上に追いつづけるたびに、いよいよ興味をそそられる。

彼ら二人のみのことではない。彼らの家族、そして彼らを取り巻いている社会や経済の状態。ときによっては、そこに政治的に大きな問題さえ生まれることがあって、そうなると単なる〔敵討ち〕だけを描くのではなく、種々の環境に発生する人間のドラマに共通した主題をとらえることを得るわけだ。

〔敵討ち〕の主題は日本独自のもので、いまこれを再検討するとき、単に「野蛮で古めかしい」こととして片づけてしまえぬ何ものかが潜在していることを知らぬわけにはゆかないのである。

堀部安兵衛

赤穂《あこう》浪士の一人で、高田の馬場の仇討ちでも有名な堀部安兵衛武庸《たけつね》について、こんな説がある。

これは、亡くなられた長谷川伸師にうかがったことだけれども、

「……安兵衛については、おもしろい説がある、ちょいと愉快な説なんだが……安兵衛には二人の兄があったというんだね。中の兄は、京都でも有名な医者で岡本為竹《いちく》といい、上の兄を杉森伊兵衛信盛というんだがね。わかるかい?」

師がそういわれたので、

「杉森伊兵衛は、近松門左衛門ですね」

「そうさ、おもしろいだろう」

「おもしろいですね」

「これはね、法学博士の滝本誠一さんの著書に出ている説話なのさ。むろん滝本博士の説ではないがね」

こうなると、なるほどおもしろい。

いうまでもあるまいが、近松門左衛門は、江戸中期に生き、浄瑠璃《じょうるり》・歌舞伎脚本の作者として「心中天網島」「女殺油地獄」そのほか多くの名作をのこした。その作品群は現代の舞台にのせられて尚、すばらしい光彩をはなっている。

この近松が堀部安兵衛の兄だとすると、それは近松の出生が、いまだに謎とされているだけに、まことにおもしろくなる。

むろん〔史実〕のうらづけがあるわけではない〔説話〕なのだが……。

数年前。

堀部安兵衛を主人公にした小説を新聞に連載することになり、私は亡き師のことばをおもい出した。

こころみに……。

近松門左衛門と安兵衛の生きていた年代、また安兵衛の実父・中山弥次右衛門の〔人生〕などをしらべて見ると、

(小説としてなら、むすびつくかも知れない)

とおもったし、小説としての史実的な裏うちもじゅうぶんに出来る。

しかし、結局はやめにした。

やめにしたが、いまでも惜しいとおもっている。

堀部安兵衛は、いまからおよそ三百余年前に越後・新発田に生まれた。

父は、新発田五万石・溝口信濃守の家来で、中山弥次右衛門。俸禄は二百石であったという。

そのころの、二百石どりの藩士の生活を彷彿《ほうふつ》とさせる旧藩士の屋敷跡が、いまも新発田に残っている筈だ。

これは安兵衛が生きていた時代より、もっと後年の建築であるから、安兵衛が生まれたころの、藩士たちの生活が実に質素なものであったことがよくわかる。

敷地もひろくないし、わらぶき屋根の小さな屋敷なのだ。

私が新発田をおとずれたのは冬の最中《さなか》で、雪にうもれたわらぶきの、この小さな屋敷が、

「まあ、二百石取りの家ということです」

と、郷土史家のS老にいわれ、そのとき、小説の書き出しが瞬間にきまった。

五十をこえていながら、尚もたくましい父親が、庭へ少年の安兵衛を引き出し、きびしい剣術の稽古《けいこ》をつけているシーンから書き出したわけだが、翌々夜、父の弥次右衛門は、寝間において腹を切り、自殺をとげてしまう。

ときに天和三年三月二十五日。

弥次右衛門は亡妻との間に女三人、男一人をもうけた。

安兵衛が、その末の子である。

弥次右衛門自決の原因は一応、城中で当直《とのい》の夜の失火の責任を問われてということになっているが、くわしいことは不明だ。

だが、小説では不明にしておくわけにはゆかない。

当時の新発田藩の状態をくわしくしらべて見ることによって、彼の苦悶《くもん》を設定したわけだが、そこにはやはり、戦乱の世が終り、徳川幕府の威光のもとに、天下泰平の時代が約八十年もつづき、戦場に用が無くなった武士階級……大名もその家来も、次第に官僚化してゆこうとする、その芽吹きを見ることができるのだ。

剛直で、むかしからの武士気質をまだうしなっていない中山弥次右衛門と、万事に要領よく世をわたっていこうとする新しい武士群との確執が、弥次右衛門を不運にみちびいてゆく。

この主題は、取りも直さず、後年、安兵衛自身が当面しなくてはならぬ宿命となるのである。

すなわち、のちの安兵衛の主人となる浅野内匠頭と吉良上野介との確執がそれであり、この事件後、安兵衛が主人のうらみをはらさんがため赤穂同志中の〔過激派〕の急先鋒となるのも、父の死が尾をひいているからである。

中山弥次右衛門の死の原因が設定されたことによって、全篇の主題が一貫することになる。

時代小説を書くとき、無から一が生まれ、さらに、一から二が発生し、三へ、四へ、とみちびかれてゆく。

たとえば……。

江戸中期の学者で、書家としても剣客としても有名な細井広沢と安兵衛との友情は、世にうたわれたものであるから、これを小説に書かぬわけにはゆかない。

すると……。

細井広沢が師事していた北島雪山という人物がうかび上ってくる。

雪山は肥後・熊本の藩医の子に生まれ、長崎で勉学をはげみ、江戸へ上って来てから、学者として書家として名声を得た。

雪山と安兵衛の交渉を裏づける史実はないが、広沢と安兵衛の親交から、どうしても小説中で雪山と安兵衛を会わせたくなってしまうのだ。

そうなると……。

のちに安兵衛が同志と共に主君の仇を討ち、幕命によって諸家へおあずけということになるが、そのとき、赤穂浪士の頭領・大石内蔵助や、安兵衛の養父・堀部弥兵衛など十七名が、肥後熊本の城主・細川越中守屋敷へ〔おあずけ〕になる。

細川越中守は、北島雪山の旧主人である。

以前に雪山から安兵衛のことをきいているだけに、細川越中守が赤穂浪士へ寄せる同情が層倍のものに、小説ではなってくるわけだ。

この稿には書き切れぬが、つまり、細井広沢と堀部安兵衛の〔史実〕にのこる交渉が、小説の中のドラマの網の目をさらにこまやかなものとし、劇的なものにふくらませてゆくことになる。

さて……。

堀部安兵衛の名を世に高めたものは、赤穂事件よりも先ず、あの高田の馬場における決闘であろう。

芝居や講談では伯父の仇討ちということになっているが、実は、老友・菅野六郎左衛門の決闘を助太刀《すけだち》したのである。

安兵衛と菅野との親交がどのようにして生まれたかは不明だ。

小説では、それをはっきりとさせる。

作者として、もっとも苦労するところだし、また、たのしみなところでもある。

私は、まだ二十にもならぬ安兵衛を菅野に会わせているし、同時に、高田の馬場では菅野の敵の一人となる中津川祐見をも、少年時代の安兵衛と会わせている。

それでないと、小説の第一のクライマックスになる高田の馬場の決闘に力がともなわないからである。

実説では……。

高田の馬場において、安兵衛が闘った敵の人数は、四人ともいうし、五人ともいい、十人、八人と、いろいろある。

「敵人兄弟三人、草履取《ぞうりとり》一人、以上四人なり。安兵衛方は伯父甥二人なり」

と、いっているのは、かの細井広沢である。

これが、もっとも真説にちかいといってよかろう。

伯父甥二人というのは、菅野六郎左衛門と安兵衛のことで、この二人は義理の親類としての約をむすんでいたわけだ。

当時、安兵衛は、実姉の幸《さち》が嫁いでいる町田新五左衛門（溝口信濃守の一族・溝口修理の家来）の世話で、千三百石の旗本・稲生七郎右衛門の家来になっていた。

講談や芝居では……。

安兵衛が八丁堀の裏長屋の浪宅から、大刀をつかみ、高田の馬場へ駈けつけ、敵十八名を斬って倒すことになってい、そのほうがたのしいにはちがいないが、私の小説で、それをまねすることもないので、決闘前後における安兵衛の生活の設定には、いろいろと資料をあさり、史実をふまえた上で、描写することにした。

もっとも、十年も前に、私が新国劇で安兵衛の脚本を書いたときは、芝居だけに、辰巳柳太郎扮する中山安兵衛に、十八人どころか、三十名ほどは斬ってもらったものだ。

決闘の日。

安兵衛は、ほかにいて、時刻におくれて駈けつけたのではない。

菅野六郎左衛門と共に決闘の場へのぞんだのである。

ところで、菅野六郎左衛門と村上庄左衛門・三郎右衛門兄弟との決闘の原因も、はっきりとつたわってはいない。

これを設定するにも、やはり、元禄という時代の政治や風俗、世相のうつりかわりなどをしらべて素材にするのだ。

高田の馬場の決闘は、元禄七年二月十一日という。

現代から約二百七十年ほど前のことだ。高田の馬場は、江戸城北・戸塚村にあった。

この馬場は寛永十三年に、三代将軍・徳川家光が、幕臣の弓馬調練の場所としてもうけたものだ。

戸塚村の台上に東西六町、南北三十余間という細長い馬場であったらしい。

江戸名所図会《ずえ》には、美しい松並木の堤が馬場の中央に伸びてい、この堤を境に〔追《おい》まわし〕と称する調練場が二筋にわかれている。

馬場の東西南の三方は、ひろびろとした田園風景が展開し、この場所が江戸郊外の一名所であったことが、よくわかる。

近くには穴八幡《あなはちまん》の社《やしろ》もあり、馬場の北側の道を下って行けば雑司ケ谷の鬼子母神へ出る。何かと行事があるたびに、高田の馬場は江戸市民の行楽の地となっていたようだ。

堀部安兵衛（当時は中山姓）の高田の馬場における決闘は、小説としても、それまでの伏線《ふくせん》や主題が最高潮に達するような構成にしてあったので、どうしても、地形を知っておきたい。

東京に住んでいる私ゆえ、現地へ出かけるにはタクシーで一時間足らず。わけもないことであったが、高田の馬場の現地を見に行ったのは、四十何年も東京に住んでいる筆者にとって、はじめてのことであった。

早稲田大学前から、江戸時代の絵図と現代の地図を見くらべながら、穴八幡前を通り、早稲田通りから右へ切れこむと、そこはもう高田の馬場跡である。

いまは、東京都・新宿区戸塚町ということになる。

戦後の東京の変貌ぶりもひどいものだったが、このあたりは戦災に焼け残った町なみが多く、むかし、私が生まれ育った下町の浅草あたりのおもかげが、かなり濃厚にただよっているのは意外であった。

そばやとか、駄菓子屋とか、洋食屋とか、そうした小さな店がならぶ細い道に〔安兵衛湯〕という銭湯があった。

この通りもまた〔安兵衛通り〕というのだと、タバコ屋の老婆が教えてくれた。

（このあたりに、安兵衛の碑がある筈だが……？）

と思い、通行中の少年少女にきいてみると、

「そんな人、知らない」

みんな、そういう。

だが、碑を見つけるのに時間はかからなかった。安兵衛通りの南側の一角に〔堀部武庸遺跡碑〕がある。明治四十三年に行田久蔵氏が建てたものだ。

このように、ごみごみした町中であるにもかかわらず、旧馬場の地形は歴然としている。

帰途は坂道を北へ下り、神田上水にかかる面影橋《おもかげ》をわたり、雑司ケ谷へ出た。

この神田上水を東へ……むかしの江戸市中へ向ってすすむと、やがて小石川・立慶橋《りゅうけい》へ出る。この近くに、堀部安兵衛が剣術をまなんだ堀内源左衛門の道場があった。

おもしろいもので、実地をたどって歩くことは次々に、小説の中の安兵衛の〔生活〕をふくらませてくれるのだ。

で……このときしらべた地形によって、私は高田の馬場の決闘を描写した。

安兵衛側は、義理の伯父・菅野六郎左衛門、菅野の家来・大場一平を合せて三名。

敵は、村上兄弟と中津川祐見（村上の義弟）それに中津川門人・阿栗小兵衛（これは創作した人物）、村上家の若党・木津某の計五名。

小説では、芝居のような十八人斬りをやらないので、安兵衛と祐見の剣闘へウエイトをそそいだ。

この二人だけの決闘の描写だけで、新聞四回分、つまり原稿紙で約十五枚ほど書いたものだが、書き終えて、ぐったりしてしまったことをおぼえている。おそらく、私が決闘のシーンを書いたものの中で、もっとも骨の折れたものであったといえる。

関ケ原とか大坂の陣とか、何万もの両軍が入り乱れて戦う戦場の描写も、書くほうには苦しくて疲れがひどいものだが、二人だけの斬り合い、十五枚を書くのも辛《つら》い。

しかし、このシーンは、最大のクライマックスなので、作者としては全力をふりしぼって迫力をもたせねばならぬとおもい、そうなると私自身が斬り合っているつもりになってしまうので、疲れるのであろうとおもう。

ここで、村上兄弟たち五名を殪《たお》し、菅野老人は重傷を負って死ぬ。

実説では、安兵衛が、いったん菅野を近くの武家屋敷へかつぎこみ、事情を語り、主人の好意により、菅野の臨終を邸内で見とどけ、その後に、またも高田の馬場へ引き返し、見物人の中へまぎれこみ、村上兄弟の死体を引き取りにあらわれた兄弟の父の様子を観察してから、しずかに引きあげたという。

小説でも、これを採《と》り入れた。

この後、安兵衛は、江戸の東郊・柳島村へかくれて、事件後の成りゆきを見まもっていたというが、このときのシーンで、決闘の翌日、安兵衛が手鏡に自分の顔をうつし、酒で洗ったぬい針で、わが顔面へめりこんだ刃の細片をほじり出すところを私は書いた。

これは……むかし、私が剣道をやっていたとき、師匠から聞いた〔はなし〕の中で、真剣をつかっての型を演じたとき、たがいに打ち合う刃と刃が、その刃の細片を飛び散らせ、これがひたいへめりこんだことがある……というのをおぼえていて、小説につかったのだ。

さて……。

高田の馬場の事件後、剣客としての安兵衛の名は、江戸中に知れわたった。

浅野長矩の臣・堀部弥兵衛が、

「ぜひとも養子に迎えたい」

と、熱望し、ついに安兵衛は中山の実家を立てることをあきらめ、弥兵衛の養子となり、ここに堀部安兵衛武庸となる。

このとき、弥兵衛のむすめの幸《こう》は、わずか三歳の幼女であったという説もあるが、私は諸史料を読んだ上で、十八歳の乙女にした。

この夫婦に、子が生まれていない。私とおなじである。

これが、元禄十年の秋であった。

堀部弥兵衛は、安兵衛ほどに事蹟があきらかでない。

九州出身の浪人だったのだが、正保二年に、浅野長直の家来となり、長直・長友・長矩の三代につかえ、当時は、江戸藩邸の留守居役をつとめていたそうである。

弥兵衛には、長男・弥平太がいた。

いたけれども十六歳のころに死んだ。

同居していた浪人に殺されたのである（理由は定かでない）。すると、居合せた弥兵衛は逃げる相手を門前まで追い、みごとに、その場で斬って倒し、息子のかたきを討った、と、いわれている。

とにかく、堀部弥兵衛という老武士には戦国の世の豪快さと、平時における〔ものの道理〕をわきまえた〔武士の血〕が色濃くながれていたようにおもわれる。

こうして、四年後。

安兵衛は、殿さまの〔刃傷《にんじょう》事件〕に直面することになる。

この稿で〔忠臣蔵〕について、のべるつもりはない。

だが、戦後になってからの、この事件への評価は、いまのところ、浅野内匠頭長矩という殿さまが〔かんしゃく〕をおこして、吉良上野介へ斬りつけ、五万石の家をつぶし、多勢の家来たちを路頭に迷わせた馬鹿者ということになっているようだ。

〔わいろ〕を惜しんで、吉良にあなどられたのも、当時の武家社会では〔わいろ〕や〔進物〕が社交の常識であって、浅野長矩はケチな殿さまゆえ〔わいろ〕を惜しみ、みずから墓穴を掘った……というのである。

だが、私は、武家社会が〔わいろ〕常識の世の中になるのは、もう少し後年になってからのようにおもう。

元禄十四年のそのころは〔わいろ〕常識の途上にあった時代だとおもう。

戦国以来の剛直な武士精神が、封建の世の官僚化へうつり変る、その境目にあったといえよう。

浅野長矩は、たしかに派手好みの殿さまではないが、当時、みずからの領国をおさめ、藩財政を赤字にしないためには〔倹約〕をするよりほかに道はなかったといってよい。

ところが……。

日本に戦火が絶えてより七十余年。

物事がすべて華美になり、物資がゆたかになって、経済力は町人階級へうつり、それと反対に、武家階級の台所が苦しくなるばかりであった。

これは現代と同じことなので、世の中が派手になるのに、指導階級の武家だけがつつましく暮そうというのは、なかなかにむずかしい。むしろ、武家が町人の助けを借りる、むすびつく、ということになる。

物価は毎年上るばかりだし、大名たちが将軍から命じられる〔御役目〕を果すための出費も、どしどし高騰《こうとう》する。

だから、浅野長矩が〔勅使〕のもてなしの役目を命ぜられたときも、幕府老中は、

「今年は、質素にいたすように」

と、申しわたしがあった。

浅野長矩は、この申しわたしに〔忠実〕ならんとしたまでのようだ。

それも、むやみに金を惜しんだのではない。

二十年前に、自分が十四歳のころ、やはり〔勅使接伴役〕をつとめたときの出費・四百両と、近年の千二、三百両との間をとって〔七百両〕の予算をたてたのだ。

吉良は、去年と同じように千何百両でやらせようとする。

浅野も、いい出したら引かずに七百両で押し切ろうとする。

ここに、両者の争いの芽が生まれたのであろう。

浅野長矩が、あまりにも華美にながれすぎる世の中の風潮に、眉をひそめていたのは事実だ。

吉良上野介という人物は、領地の三河では〔名君〕とうたわれている、その仁政に領民は大よろこびしていたそうで、現代でも〔忠臣蔵〕の芝居を三河の吉良で出すと、客が来ないといわれている。

　それも事実であろう。

しかし、これは傲慢無礼な政治家が、我家へ帰るや、良き夫、良き父親に変ることは、

むしろ当然なので、吉良のように収穫にめぐまれた領地を持ち、さらに、その領地からしぼりとらなくてもらくらくと暮してゆけるだけの財産と名声があれば、なおのことだといえよう。

吉良上野介が政治的暗躍をもって、実子の三郎を米沢十五万石・上杉家へ養子にやったときの悪評は史上おおいかくすことはできない。

また、次のような〔はなし〕もある。

それは、弘前四万七千石の殿さまである津軽信政の言行を忠実に記した〔玉話集〕という書物にのっている挿話なのだが……。

津軽信政が、江戸の藩邸にいたとき、吉良上野介をまねき、宴をもよおしたことがある。

この夜。吉良のほかにも著名な幕臣が多勢よばれていた。

その席上、吉良が米飯に箸《はし》をつけようともせず、満座の中で、

「料理はけっこうじゃが、飯《めし》は不味《まず》くて口へ入り申さぬ」

きこえよがしに、ずけずけといいはなった。

これをきいた津軽家の御膳番をつとめていた士《もの》が、

「人のところへ招ばれて来て、なんという無礼なことをいうのだ。たとえ不味くともうまいというのが人の道ではないか。こうなっては、われらも殿さまからお叱りをうける

のみか、腹を切らねばなるまい。よし、この上は吉良を斬り殺し、おれは腹切る」

といい、飛び出そうとするのを同僚が、ようやくに押えつけた。

「吉良上野介さまは、わがままなるお人のよし、かねてより風聞ありしが、さもこれあるにや」

と〔玉話集〕は記してあり、くだんの御膳番は「吉良は士《さむらい》畜生なり!!」と、きめつけている。

いっぽう、殿さまの津軽信政はこのありさまを見て、にやにや笑いながら顔色も変えず、完全に吉良上野介を無視し、また御膳番の家来をも叱らなかった。

浅野長矩という殿さまが、津軽信政だけの器量をもち合せていなかったことはたしかだ。長矩は津軽家の御膳番の代りをやってしまったわけだ。

まず、こうした双方の人物を描いている史料だけでは〔刃傷事件〕の真の原因はつかめぬ。何ものこされていないからだ。

小説の場合は、執筆する人の個性によって〔浅野びいき〕でも〔吉良びいき〕でも、かまわぬのである。

つまり、この二人は江戸城中で〔喧嘩〕をしたわけだ。

〔喧嘩〕は両成敗という武家の掟を無視し、将軍と幕府は、ろくな調べもせずに即日、浅野長矩を切腹させ、五万石の家を取りつぶしてしまった。

いっぽう、吉良上野介には何のとがめもなく、いたわりのことばさえかけられた。これを〔片手落《かたておち》〕というのである。

両成敗という定法があるなら、吉良の方へも死を命じ、家を取りつぶさねばならぬ。これが、大石内蔵助以下四十余名の〔吉良邸討入り〕につながる。吉良の首を討つことによって、赤穂浪士たちは政道のあやまりに抗議をしたのだ。

赤穂浪士としての安兵衛は、義父と共に、終始、急進派の一人として吉良を討つことを主張しつづけ、腰のおもい頭領の大石内蔵助を困らせたり、苦笑させたりしている。

吉良邸討入りの翌年(元禄十六年)二月四日。

堀部安兵衛は同志たちと共に、松平隠岐守の座敷内で切腹した。ときに三十四歳。

伊庭八郎

私の書斎の棚の上にある、青年武士の小さな写真を見た来客に、

「だれですか、この人は？」

と、よく問われる。

「伊庭《いば》八郎です」

そうこたえても、

「ははあ……？」

伊庭の名を知らぬ人が多い。

この写真は、伊庭家の末孫である古田中みなさんのお宅へうかがったとき、

「こんなものもございますけど……」

と、古田中夫人が見せて下すった写真である。

幕末の名剣士たる伊庭八郎秀穎《ひでさと》は、最後の最後まで、徳川と江戸の栄光のために戦いぬき、かの北海道・箱館《はこだて》（函館）の戦争で死んだ。

この写真は、おそらく、江戸を逃げて、榎本武揚《えのもとたけあき》らの〔五稜郭〕へこもった旧幕軍に投じてのち、箱館で撮影したものとおもわれる。

故・子母沢寛先生も、

「これはめずらしい。八郎の、こんな写真は見たことがない。どこで手に入れましたか?」

おどろきに瞠目《どうもく》されつつ、しかも、八郎を愛することでは人後に落ちない……と、みずからいわれるほどの先生だけに、

「うちに、まだ一枚ございますから、よろしければお手もとに……」

私がそういうと、さもうれしげに、

「これはいい。この八郎はまったく八郎らしいですなあ」

と、おっしゃったものだ。

この写真は、古田中夫人の手もとにあるものを、私のカメラで撮ったものである。

髪は、例の講武所《こうぶしょ》ふうの茶せんにゆいあげてい、一文字の凛々《りり》しい眉。美しい鼻すじの下にきゅっと引きむすばれた口に江戸ざむらいの底意地の強さが、はっきりと看取される。

色も白かったらしい。

双眸《そうぼう》は二重まぶたの中にらんらんと光ってい、その光の底にやさしい彼の性格と、死を前にした愁《うれ》いとがしずかにただよっている。

八郎、この写真ではフランス風の旧幕軍・軍服を着用してい、つめえりのえりもとが少しはだけて白いシャツがのぞいている。

私が彼を主人公にして〔幕末遊撃隊〕という小説を週刊誌に連載したのは、もう六、七年前のことになるだろうか……。

少年のころからのわれわれが胸にえがいていた白面の剣士・伊庭八郎のイメージと、現実（写真）の彼の容貌とが、これほどにぴったりしていようとはおもってもみないことであった。

むろん、仕事をする上では、どれほどに書きよかったか知れない。

高二百俵の幕臣で、御徒町に〔心形刀流《しんぎょうとうりゅう》〕の道場をかまえていた伊庭家は、江戸でも名流とうたわれた剣家であった。

そうした家の子に生まれたのに、

「おれが本気で竹刀《しない》をにぎったのは十六の年齢《とし》だ。それまでは本の虫さ。竹刀の音をきくのもいやだったものだ」

と、八郎がいっている。

なぜ、はじめのうちは剣術がきらいだったのか……小説では、そこを書かねばならない。

私は、新吉原の遊女で、八郎とはふかいい仲だった廓内・稲本楼の小稲へ、八郎の台詞《せりふ》として、こういわせている。

「剣術と学問とを秤《はかり》にかけ、重い方をとったまでだ。人間、二つのことを一度にはやれねえものだし……ことに、このおれは尚更、二つのことを一度にはやれねえのだ」

なぜ、二つのことを一度にやれなかったのか……。

種々の取材をしたのちに、私は八郎を肺患もちの青年とした。

どうも、そのような気がしてならなかったからだ。いまでも、そう感じている。

もっとも、彼の病患については、なにも書きのこされてはいないし、語りのこされてもいない。

これはいいつたえられていることだが、八郎十六歳のときに、父の供をして、細川侯の江戸屋敷へおもむいたとき、書院の床の間にかかっていた宮本武蔵えがくところの画幅を見て、ほんぜんとさとるところあり、

「私、剣の道へすすみます！」

と決意し、以後は書物を捨て、一心に剣術へうちこんでいったという。

八郎の剣は、あの新選組の沖田総司のように、天才的なものがあったらしい。

めきめきと技倆《ぎりよう》がすすんだ。

しかし、八郎は父・軍兵衛の後をつぐことができなかったのである。

軍兵衛は死にのぞみ、

「八郎では、まだまだじゃ」

といい、高弟の堀和《ほが》惣太郎を養子とし、伊庭の当主とした。

さらに軍兵衛は、この養子に、

「おぬしが見て、八郎かならずしも当家の後をつぐべきものとおもわぬときは、門弟のうちより人をえらび、伊庭の後とりにせよ」

と、いいのこしている。

伊庭の心形刀流は、初代・秀明が創始したもので、後年、秀澄の代となって幕府につかえたわけだけれども、

「後つぎは、かならずしも実子におよばず」

という家法がある。

後つぎの実子が剣士として立派であっても、門弟の中にこれをしのぐ人物がいた場合は、これを養子に迎えようというのだ。

また、このことを伊庭の代々は実践してきたようだ。

見事なものといわねばなるまい。

現に、八郎の父・軍兵衛も養子である。

さて、伊庭家の養子となった堀和惣太郎は家代々の名〔軍兵衛〕を名のることを遠慮し〔軍平〕と名のったほどの穏厚な人物であったから、少年の八郎をすぐさま自分の養

子として、

（一日も早く、家を八郎どのへゆずりわたさねばならぬ）

情熱をこめて、八郎を教導した。

こうした家風の〔家〕に生まれ、こうした〔実父〕と〔養父〕をもった伊庭八郎の性格がどのように形成されていったか……いうをまたぬことであろう。

宮本武蔵の画幅を見たときは、この養父と一緒だった、ともいわれている。

いうまでもなく伊庭八郎は生粋の〔江戸ざむらい〕であるから、天才的な名剣士としての風貌へ、酒も女も、料理もたしなむ余裕《ゆとり》と生活が裏うちされていなくてはならない。ことばづかいも、ふだんは江戸人らしい伝法さがあり、物事のとりなしがさばけていて、粋《いき》でなくてはならぬ。

私ごときが、彼を小説の主人公とする場合、実にもう、そこのところがむずかしいのである。

伝法ではあっても、町人や遊び人のそれであってはならない。

あくまでも武士……徳川の家来としての伝法さが出ないと、鼻もちならなくなってしまう。

うっかり、よい気もちになって筆をすすめると、それこそ鼻もちならぬ気《き》障《ざわ》りな文章になりかねないし、いや味な伊庭八郎になってしまう。

八郎の女である遊女・小稲などというのは、もっとむずかしい。

当時の新吉原の〔おいらん〕であるからには、廓《くるわ》ことばをつかわせるのが本当だし、やってやれぬことはないのだが、そうすると、どうも感覚的にずれてしまうような気がして、この小稲には、実にまいってしまったことをおぼえている。

たとえば、江戸の芸者の中でも、深川のそれは気風もことばづかいもまったく他の芸者とは異なる。

江戸の女を書きわけることはまことに至難のわざなのだが、そうした風俗を知る作家や研究家がいなくなり、社会生活の上に、その残滓《ざんし》もなくなった現在、書きわける必要も当然ないのかも知れない。

結局は小稲も、私自身がつくったことばづかいで小説に登場させたが、いま読み返して見ても冷汗が出るようなおもいがする。

ところで、養父・軍平が一日も早く家をつがせようとし、また八郎自身の剣が、だれの目から見てもそれにふさわしくなってから、いかに養父が家督をすすめても、八郎は辞退しつづけている。

時局は、いよいよ切迫していた。

長い〔鎖国の夢〕がやぶれ、幕府は欧米列強の強硬な圧迫をうけて〔開港〕にふみきらざるを得なかったし、幕府政権の前担当であった大老・井伊直弼《いいなおすけ》をめぐる政局の動乱と革新思想弾圧につながる勤王運動の火の手は、いよいよ猛烈になってきている。

八郎も、

（これは徒事《ただごと》ではすまぬ）

と、考えていた。

八郎自身は、あくまでも徳川幕府の傘下にあって、この国難のためにはたらくつもりだから、

（道場と伊庭家は養父《ちち》にまかせ、おれは……）

どこまでも動乱の矢面に立ち、いのちを捨ててはたらきぬく決意をかためるに至った。

彼の、わずか二十七年の生涯は、このときに決まった、といえよう。

私の書いた伊庭八郎が肺患病みの青年になっていたのを、子母沢寛先生が読まれ、

「どこで、しらべられました？」

のちに、私にいわれたことがある。

「あれは、私がそう感じたものですから……」

こう、こたえると、先生は、

「いやしかし……私もむかし、伊庭家は代々、胸が悪かった、ということをきいたことがあります」

そう、いわれた。

もしそうだとしたら、作者として、こんなにうれしいことはない。

その伊庭八郎の肺病のことだが……。

八郎なじみの新吉原の遊女・小稲が、将軍について京都へのぼった八郎に、見舞いの品を送りとどけてくるところがある。

その品について、いろいろ考えたが、そのころの吉原の遊里では、古銭の穴に三味線《しやみせん》の糸を通し、これを腰まわりにむすびつけて〔御守〕にするというのが流行していたということをきいていたので、これをつかうことにした。

すなわち、小稲は麻を二枚重ねにしてぬいあげた筒袖の肌じゅばんの布と布との間にびっしりと古銭をぬいつけたものを、八郎へ送りとどけてくる。

〔御守〕になると同時に、風雲急な時勢で、将軍の親衛隊の一員ともいうべき八郎の戦闘用にも役立つという……。

「おもいつきましたね」

と、子母沢先生がほめて下すった。

伊庭八郎には、遊女・小稲のほかに、もう一人、切っても切れぬ人物がいる。

すなわち、上野広小路の料亭〔鳥八十《とりやそ》〕の料理人で鎌吉である。

八郎は、この鎌吉をひいきにして、日に夜に〔鳥八十〕へ通った。

必然、鎌吉調理するところの食べものが、八郎の膳に出てこなければならない。

むかしの食べものについて書くのは、めんどうである。

時代小説を書きはじめたころ、寛永時代の町人に西瓜《すいか》を食べさせてしまい、大失敗をやってしまったことがある。西瓜は南蛮渡来の珍果で、これを日本の土地で栽培し、これが庶民の口へ入るようになるのは、もっともっと後年のことなのだ。

しかし、江戸も末期となれば、いくらかは書物も残っているし、私のようなものにも手がかりはつかめる。そのころの料理の献立を記した書物やら書きつけやらを参考にし、私が鎌吉になったつもりで献立をつくってみた。

相鴨《あいがも》の山椒醤油《さんしょうじょうゆ》のつけ焼
鰹の土佐いぶし
銀杏《ぎんなん》どうふと、かる鴨のわん盛
穂紫蘇《ほじそ》の吸物
鳥八十名物の雷干《かみなりぼし》

先ず、こうしたものだ。

〔鳥八十〕は鳥料理で売った料亭であるから、そのつもりでこしらえて見て、知り合い

の老料理人に見せ、意見をきいたら、

「いいじゃありませんか。おかしくありませんよ」

と、いう。

後に、鳥羽伏見の一戦で幕府が勤王軍に大敗し、十五代将軍だった徳川慶喜と共に、八郎たちも江戸へ引きあげて来て、八郎は、ついに病床へつくことになる。

これを知った鎌吉は、すぐさま小さな盤台を伊庭屋敷へ抱えこみ、八郎の好物を料理して食べさせるのだが、このときは、三州味噌（八郎は三州味噌を好んだそうな）に新わかめの味噌わんかい。鶉《うずら》の焼鳥に粉山椒をそえ、あとは甘鯛の味噌漬などにした。

「これは、よござんすね」

と、老料理人が、いってくれた。


将軍が政権を朝廷へ返上し、上野・寛永寺へ謹慎して、さらに、数名の供につきそわれ、生家の水戸へ去ったのちも、旧幕府の人びとの抵抗は熄《や》まなかった。

伊庭八郎も、その一人である。

八郎は、旧幕軍・遊撃隊士であったから、この〔遊撃隊〕の名をもって同志をつのり、現千葉県・木更津《きさらづ》の近くにあった請西《じょうざい》一万石の藩主・林昌之助忠崇《ただたか》をたより、同志と共に江戸を脱出した。

このときの軍費その他に必要な三百両という莫大な金を、吉原の小稲が八郎へ都合してやったものである。

「それは、本当のようでございますよ」

と、伊庭家の末孫、古田中みな夫人が私にいわれた。

当時、全盛の小稲の客の中には、だいぶんに著名な人物がいたようである。彰義隊の天野八郎もそうだし、長岡藩の家老・河井継之助《つぐのすけ》もしかりなどという。

だが、小稲がいかに伊庭八郎へうちこんでいたかは、この三百両の一件をもってもわかろうというものだ。

いま〔林昌之助戊辰《ぼしん》出陣記〕というものが残されているが、その慶応四年四月二十八日の項には、

「……此頃、江戸脱走の遊撃隊三十余名。木更津に着岸し、隊長・伊庭八郎、人見勝太郎の両人、今日、請西の営に来り、これまた徳川恢復与力の儀を乞う」

とある。

さらに、林昌之助は、

「……伊庭・人見の両士を見るに、剛柔相兼《ごうじゅうあいか》ね、威徳並行《いとくへいこう》の人物なり。ことに隊下の兵士、よく、その令を用い、いずれも真《まこと》の忠義を志《こころざ》すの由」

と、書いている。

その「……剛柔相兼ね……」のことばが、いかにも伊庭八郎の人柄をしのばせているではないか。

こうして、遊撃隊と請西藩士を合せ、わずかに百名たらずで、海上を相州・真鶴《まなづる》へ上陸した。

小田原藩に援兵を乞おうというのである。

江戸から、幕臣・山岡鉄太郎が馬で駈けつけて来て、八郎を説得し、

「むだな抗戦をやめろ」

と、いうところがある。

それに対し、伊庭八郎が自分の立場を主張するわけだが、その八郎のことばをつくるのに、まったく苦労をした。

伊庭八郎という人物の、ごくわずかに残っている言動から推定して行くわけだが、この八郎の台詞がうまくいかなくては、小説全体の主題がちから弱くなってしまう。それだけに、むずかしくもあったけれども、結局、私は、現代からの明治維新についての見方から、というよりも、まったく、そのときの八郎の気もちになって、この台詞をつくった。

次のごとくである。

「山岡さん。あなたは古いとか新しいとかいうが……去年、慶喜公《だんな》が、わずか一日にし

て、おんみずから天下の権を朝廷に返上したてまつったことを何とごらんだ？……一滴の血もながさず、三百年におよんだ天下の権を、将軍みずからさっさと手放したのだ。こいつは、いまだかつて、わが国の歴史になかったものだ。外国にだってありゃあしませんよ。こんな新しいことはないとおもいますがね、どうです山岡さん……ここで、その官軍とやらが新しい奴らなら、よくやってくれた、われわれも共にちからを合せ、国事にはたらこう……と、こういって来なくてはならねえはずだ」

それなのに、薩長両藩を主軸とする官軍は、むりやりに徳川家滅亡をくわだて、戦争へ引きずりこんでしまった。八郎たちの抗戦は、それによって、

「やむにやまれず、微衷《びちゆう》をつくすため」

に行なわれようとしている。

これより後に……。

箱根三枚橋の戦闘で、伊庭八郎は左腕をひじの下から切り落されるという重傷を負ってしまう。

隊員と共に、熱海沖へまわって来てくれた旧幕府・海軍の軍艦〔蟠龍丸〕へ収容された八郎は、船医の永島龍斎の手当をうけたが、切断されたひじのところから骨の先が突き出ているので、

「この、骨が……」

と、龍斎が口ごもるや、おうむ返しに、八郎が、

「先生。この骨が邪魔ですかえ」

いうや、右手に抜きはなった脇差で、みずから、突き出した骨を傷口すれすれに切って落したという。

これを見た外科医の永島龍斎が、おもわず悲鳴を発したそうだ。

さらに八郎は、榎本武揚ひきいる海軍と共に北海道へわたり、最後の一戦をこころみることになる。

北海道での、八郎の活躍ぶりも見事なものであったが、箱館の五稜郭に追いつめられた旧幕軍が降伏する五日前の、明治二年五月十一日。ついに八郎は死んだ。

これまでの戦闘で、八郎は左の肩口と右の太股《ふともも》へ銃創をうけてい、ひどい出血のため、五稜郭の堡塁《ほうるい》近くの板ぶきの民家へ入って養生をしていた。

十一日の朝。

「気分が、だいぶよい」

と、八郎は、江戸から北海道までつきそって来てくれた〔鳥八十〕の鎌吉にいい、外へ出て、井戸端へ行き、顔を洗おうとした瞬間に、どこからともなく飛んで来た流弾一発。これが八郎の喉《のど》をつらぬいた。むろん、即死である。

伊庭八郎は、浅草の貞源寺にある伊庭家の墓へほうむられた。

二十七年の短い生涯であったが伊庭八郎のそれは常人の百年にも匹敵しよう。激動波乱の時代へ正面から身を打ちあてて行った烈《はげ》しさのうちにも、悠々として人間のたのしみを味わいつくし、小稲や鎌吉のような人に最後までつきそわれ、花のごとくに散った伊庭八郎は、これまで私が書いてきた小説の主人公の中でも、もっとも好きな男である。

〔幕末遊撃隊〕という題名で書いたこの小説を週刊誌に連載してから、もう足かけ七年にもなる。

私は、もう一度、彼を書いて見るつもりだ。

大石内蔵助

実在の、歴史上の、または架空の人物で、好きな日本人ということになると、ずいぶんいるとおもうのだが、いざ、ペンをとりあげて見ると、多すぎて迷ってしまう。

ぼくは、大石内蔵助なんか好きだ。

あの人は、主人浅野内匠頭があのような事件を起さなかったら、それこそ、平々凡々の一生を、たのしく送ったことであろうし、それを何よりも強くのぞんでいたにちがいない。

国家老という、家臣の中では最高の地位にいて、好物の柚子《ゆず》味噌をなめながら晩酌をし、小金も残し、大女の妻女と仲よく暮し、たまさかには出張にことよせて京都などへ出かけて行き、あまり上等でない遊女たちとたわむれ遊んだりして、ゆったりと生涯を終えたろう。

しかし、突如として、あの事件が起った。

主人・内匠頭と、高家・吉良上野介の大喧嘩。主人は、ろくな取調べもうけず、刃傷の当日に切腹させられ、将軍と幕府は、いささかも吉良をとがめなかった。

理由は何であれ、日本の天下を治める将軍みずから、

〔喧嘩両成敗〕

の、武家の掟をやぶったことになる。

五万三千石の世帯が取りつぶされ、赤穂の城が幕府に接収されたときから、大石内蔵助は、自分でも、おもいもかけなかった人間として責任《せめ》を果すことになるのである。

彼が、浅野家の元国家老としてなすべき第一のことは、浅野家の再興であった。

「おそらく、むだであろう」

と、おもいつつも、彼は、この一事に渾身のちからをかたむけている。

吉良を討ち、主人のうらみをはらし、合せて、天下の政道を正すことは第二次のことであった。

以前にくらべて、はずかしくないような再興を幕府がゆるしてくれるなら、幕府はみずから、その非をみとめたことになるからである。

しかし、こののぞみは断ち切られた。

そこで、同志をひきいて江戸へあつまり、吉良を討ったのである。

これだけの大仕事を、内蔵助はいささかもりきみ返ることなく、淡々として、やりとげているように見える。

当然のことを、当然のように、してのけたにすぎない、と彼はおもっていたろう。

吉良邸討入りを数日後にひかえ、江戸の町の片隅で娼婦と遊んでいた彼。

妻女と子たちを、妻女の実家へ帰してのち、京の祇園祭のおもしろさを、

「ぜひぜひ、お前に見せたかった」

と、妻女に書き送っている彼。

討入りの当夜。

ふりつもった雪の中を、武装の背をまるめ、小肥りの躰を、死に向って運びながら、

「寒い、寒い」

と、つぶやいていた彼。

みんな、好きである。

西郷隆盛

西郷隆盛の写真ぎらいはよく知られている。いわゆる明治の元勲《げんくん》とよばれた人びとの中で、写真が残っていないのは西郷だけといってよいだろう。

近年、

〔これこそ、西郷だ〕

などといわれる彼の写真もあらわれたりしたが、いずれも信が置けない。

だが、キヨソーネ筆の西郷隆盛像は、どうやら真に近いまでに彼の風貌をつたえている、と筆者は信じている。

キヨソーネは、イタリアの銅版画家であった。

ジェノバに生まれた彼は、明治八年に、日本の大蔵省紙幣局から招かれ、来日した。

紙幣や切手・印紙などの原版の製作に、キヨソーネの銅版画家としての手腕は高く評価され、明治天皇をはじめ元勲たちの肖像銅版画の製作もした。

だがキヨソーネが日本へ来たとき、西郷隆盛は、かの〝征韓論〟事件によって中央政界から身を退き、故郷の鹿児島へ帰っていたから、この二人が相会うことはなかった。

二年後。西郷は薩摩軍人たちと共に起《た》って〝西南戦争〟の渦中に身を投じ、日本が近代国家としての本質的な第一歩をふみ出すための〔犠牲〕となった。それはまさに、〔犠牲〕

と、いってよかった。

語りたいことも語り残さず、黙々として薩摩士族の激発に殉じた西郷の死を、新政府の元勲たちは、惜しむと同時に、安堵《あんど》のためいきをもらしたにちがいない。

彼らが、かの維新動乱の最中におこなった権謀術数の本体を、もっともよく知るものは西郷その人であったとおもう。

彼らの善も悪も、西郷は一身に背負い、その恐ろしい秘密を一言も洩らさずに他界してしまった。

生き残って、功なり名をとげた元勲たちが、ほっとしたのも当然であろう。

ところでキヨソーネ筆の西郷像に信が置けるというのは、いまひとつ、これも西郷の肖像としては有名な石川静正筆の西郷像と非常によく似ているからである。

石川静正は、山形県・庄内の旧藩士である。維新戦争の折、官軍に抵抗をした庄内藩が降伏してのち、西郷は庄内のめんどうをよく見てやり、その後は庄内藩士のすべてが、西郷を慕うようになった。石川静正は鹿児島へ西郷をおとずれ、親しく面談しているし、そのときの新鮮な印象をもとにして、油絵の肖像を描いた。このとき石川は、西郷と親しかった人びとの批評を参考にしつつ、筆をすすめたといわれる。

だから、西郷の肖像としては、石川静正の肖像がもっとも真に近いと見てよいだろう。キヨソーネは、この石川の肖像画をおそらく参考にして、コンテ・クレヨンによる肖像を描いたものとおもわれる。強いていえば石川のは西郷の野性味が躍如としており、キヨソーネのほうが品よくできあがっている。

だが、アーネスト・サトウが西郷を評した〔黒ダイヤ〕のごとき双眸のすばらしさは、二つの肖像画の大きなポイントになっている。

時代小説うらばなし

時代小説の〝書き手〟として、うらばなしをしろ、ということだが、作家それぞれに独自のやり方で仕事をしており〝うらばなし〟の多い人もあり、少ない人もある。私などは少ない方の一人だろう。

それにまた、作家の〝うらばなし〟などというものは、しょせん、一人よがりのものだと思うし、きいてみても、あまり面白いものではあるまい。

ところで、時代小説というものが〝歴史〟を基盤として生み出されるべきなのは当然であって、これを全く無視しては、時代小説というものは、なりたたぬのである。

たとえ、どのようなフィクションであるにせよ、時代小説であるからには、その時代の〝自然現象〟と〝制度〟と〝人間〟の三つを無視することは出来ない。

自然現象については、まず第一に旧暦新暦の相違だ。

こころみに、手もとの歴史年表をひらき、あの赤穂浪士の吉良邸討入りの月日を見ると元禄十五年十二月十五日。これを『三正綜覧』という書物によってしらべ、現代の新暦に合せると一月三十一日になる。およそ四十余日のひらきがあって、だから、討入り当日を小説にする場合、風景、気候、それによって生ずる人物の生理その他、すべて現代の一月下旬のものとして描かねばならない。

平安のころから戦国、江戸時代にいたるまで、変転する〝制度〟と、これを背景に生きてきた〝人間〟については、それぞれ特殊なものがあって、たとえば、〝仇討ち〟という一つのテーマをとってみても、これは、戦国の武士と江戸時代の武士とでは全くちがう気風と制度のもとにおこなわれなければならない。

こうした制約の上に立ち、なお、現代に通ずる感覚と主題をもって、おもしろい小説を書かねばならないのだが、馴れてしまえば、それほどにめんどうなこともなく、しょせん、人と人の世は、いまもむかしも、それほどに変わっていないことがわかるし、却《かえ》って逆に、時代小説の〝制約〟を利用し、新鮮な小説をつくりあげることも出来るのだ。

かぎられた枚数で意はつくせないけれども、次に、私の小説について作例を一、二あげて見よう。

七年も前のことだが……。

信州、松代の郷土史家であった故大平喜間太氏のお宅で、松代十万石・真田藩に関しての古い資料を見せていただいたとき、

「――明暦四年六月二十三日、家臣・堀正種《まさたね》を放逐す」

という一行を見出した。

このころ、真田藩には大がかりな御家騒動がおこり、この騒動に幕府が介入して、真田藩を取りつぶそうとした事実がある。

それを思い出し、私が、大平氏に、

「この堀某というのは、幕府のスパイだったのじゃありませんか。どうも、そんな匂いがしますな」

何気なくいったら、大平氏も、

「しますなあ、匂いますなあ」

と、いわれた。

そのとたんに、私の脳裡《のうり》を一篇の小説の構成が電光のようによぎった。

どんな長篇でも、私の場合、書ける書けないをきめる構成の可否は、一瞬の間にうかんでくる。それは一種の〝感応〟とでもいったらよいのか……登場人物や小説の筋立てまでが、形をなすことなく、一つの光の線のようなものとなって頭の中をよぎるのである。

もっとも、この後で、かなりの時間がかかる。つまり、先にのべた制約の中で、自分がつくりあげた人や事件を消化する〝時間〟がかかるのである。

このときにも、一年かかって当時の真田藩についてしらべあげ、自分がつくりあげた小説を〝真実〟のもの——つまり小説の上で、実在した人と事件としておかしくないものに仕立てあげ、『錯乱』という題名で発表をしたが、この小説によって、さいわいにして直木賞をうけることが出来たので、思い出もふかい。

また三年ほど前のことだが……。

ある夜、テレビ・ドラマを見ていた母が、ふっと、

「土方歳三っているだろう、新選組の……」

と、いい出したものだ。

「いるよ」

何気なく私がこたえると、

「あの土方って人の彼女は、京都の、大きな経師屋《きょうじ》の後家さんだったんだってねえ」

とんでもないことをいいだした。

「ええ、そんなこと、だれにきいたんだい」

私の顔色は変わっていたろう。

手短かにのべる。

母の父——すなわち私の祖父は錺《かざり》職人であった。この祖父の友達で同業の某が、

「私のおやじは、むかし京都で、新選組の土方歳三の馬の口とりをしていたそうだが、

その土方の色女は、経師屋の後家さんだったそうだよ」

と、たったこれだけのことをいった。

それを、祖父が、当時十七、八だった母や祖母につたえたことを、五十年も経ってから、母が思い出したのだ。

「もっと、くわしく話せよ」

と私はいったが、しかし、もう母には語るべきものは何もなかった。

だが、私としては、もうこれで充分であって、これは間をおかずに書きあげ『色』という題名で「オール讀物」へ出したがすぐに映画化された。おそらく、〝鬼〟といわれた土方歳三の恋をあつかったのは小説でも映画でも、これがはじめてであったろう。

自慢をしているのではない。このように時代小説というものは、何度もちがう作者によって描かれた同じ新選組を扱っても、書くたびに新鮮な興味を生み出すものだ、ということをいいたいのだ。

私だって、母の言葉がなくとも、そこへ目をつけていれば、もっと早く書いていたであろう。土方歳三に未亡人の恋人などはいなかった、という史実は、どこにも残されていないからである。

今年になってからも、私はまた、母の思い出話から『開化散髪どころ』という小篇をものにした。

私などでも、二十や三十の素材は、いつでもあたためている。

それでいて、短篇一つを書くのに、どれを書こうかと迷ってしまうのは、そのときの自分の健康状態や気分によって、素材がのってくるときとこないときがあるのだろう。今月はどうしてもむずかしくて書けなかった材料が、翌月になると、らくらく書けるということなど、いつもあることだ。

実際、つまらぬことで二日も三日も迷うことが多い。たとえば前記の『色』を書いたとき、土方と経師屋の後家が、はじめて出合う場所や事件の設定は出来たけれども、二度目に出合うところが、どうしても浮かんでこない。出合って、すぐに接吻《せっぷん》なぞという現代風には書けぬ人たちなので、三度目くらいからじわじわと行きたいと思った。

その二度目の出合い、いろいろ考えたが、どうしても、ピッタリしない。締切りは迫るし、どうにも困って京都へ出かけ、彼らが生きていた土地を歩いてみたが、ダメだ。

そして帰京の前夜、大阪・道頓堀で、猿まわしにあやつられて芸をする猿を見ているうちに、きまった。土方と後家さんを猿をとりまく見物の中において、二度目の出合いをさせたのだ。どうも、つまらぬことだが、ふしぎなもので、こうした設定にしたため、小説の中で思いもよらぬ効果をあげることが出来たのである。くわしく書く余裕はなくなったが、土方という人物が史実に残した人柄と、この猿とが、実にうまい取り合わせになったのだ。

こうした偶然が生む〝ふしぎさ〟によって、自分の書く小説が、種々の恩恵をうけてきたことは数え切れぬものがある。

そのたびに、私は、亡くなった某作家の、

「作家というものはねえ……、何というか、仕事の半分を神の恩恵によってささえられているものらしいよ」

という言葉を思い出すのである。

時代小説について

先年のことだが、中村メイコとラジオの番組で対談したことがある。

そのときも時代小説についてであったが、メイコ氏曰く、

「私、時代小説を読むとき、はじめに昔の年号や何かが出てくると、もう、めんどうくさくなって読む気がしなくなっちゃうんです」

いまの若い人たちには、文政何年何月何日という記述が出ただけで頭がいたくなってしまうのであろう。このように年号を書くとき、私はその下に西暦年号を入れることにしている。たとえば、文政元年（西暦一八一八年）というようにである。すると一目で、現代より百四十五年前のことなのだな、とわかってもらえるからだ。

このように、戦後の歴史教育をうけた人々は、時代小説にあまり興味をもたなくなってきているようにもみえるが、それでいて、この小説のジャンルは、まだまだ当分は発展をつづけることと思う。それは――新しい書き手が新鮮な時代小説をうみ出しはじめてきているし、読むほうでもまた昔の世に生きた人間像に興味をいだくようになってき

つつあるからだ。

ともかく、戦前と戦後では、まったく時代小説の書き方が変ってきている。

私は昨年の暮に、小説新潮へ〔鳥居強右衛門《すねえもん》〕をかいた。

いまの若い人たちは、強右衛門の名をきいても、どんなことをした男か、ピンとこないだろうが、私どもが少年のころ強右衛門の忠勇無双の物語は誰でも一度は耳にしたことがある筈である。

武田の大軍にかこまれた長篠城を脱出し、織田・徳川の援軍を乞いに敵中を突破、見事に役目を果した上、尚も、援軍を待ちこがれる城中の味方へこのことを知らせるため、危険をおかして只ひとり城へ引返す。そして、ついに武田軍にとらえられる。

武田方では、強右衛門を城の前へ引き出し「もう援軍は来ないから、あきらめて降伏するように……」と言わせようとする。その通りにすれば、お前を武田方へ引き取り出世させてやるというのだ。一も二もなく強右衛門は承知をする。そして、いざというときになると「援軍はそこまで来ているから、いま少しの辛抱である。心を合せてがんばってくれ」と叫ぶのである。このため、彼は武田軍の手によって無惨なハリツケの刑をうけ、死ぬ――という、立派な話である。戦前の時代なら、このまま書いても通用したろうが、今では、そうはゆかない。

忠義というモラルが、今では通用しなくなっている。私自身でさえも、ただ殿様のため、味方のために何のおそれもなく命を投げ出せたという男を書く気にはなれない。

私が「強右衛門」を書こうと思ったのは、戦国時代に生きた男たちの姿を出来るかぎり深くさぐってみようと考え、そこから、なぜ強右衛門があのような見事なふるまいを行ったのかを考えてみたいと思ったからだ。

この仕事はむずかしかった。この稿が出るころには雑誌に発表されていると思うのだが、よみ返すのがこわい気がしている。

私は先ず、長篠城を見に出かけた。浜松から車で山を三つも四つも越えた三河の山岳地帯に、この城の跡がある。地形は当時をほうふつとさせるままに姿をとどめていた。

ともかく、書こうとする舞台は必ず見ておくほうがよいのだ。

私も、このとき、長篠城跡に立ったとたん、「テーマやストーリーに苦しんでいるよりも先ず強右衛門の生活からしらべて行こう」という気持に、はじめてなった。

この気持になれなかったら、私は「強右衛門」を放り出して別の素材で書くことにしたろう。

それで、私は、強右衛門が仕えていた奥平家が領していた三河の山岳地帯についての地理や郷土誌を出来るかぎりあつめ、読んだ。

強右衛門についての、くわしい伝記はあまりない。どれも同じようなものである。

そこで、当時の豪族やその家来が、戦国の世というものに対してどういう考え方、生き方をしていたものかという勉強を、もう一度、やり直したのである。

武田へつくか、織田へつくか……豪族たちは、大勢力の動きに沿って絶えず身を処して行かねばならない。天下をとった大名の下についていなくては身が危くなるし、出世も出来ないからだ。強右衛門は、こうした小勢力の、そのまた下の家来なのである。

戦争に出ないときは、妻や下男と共に汗まみれになって田畑をたがやし、いざ戦になると、鍬《くわ》をすてて槍をつかみ、戦場へ出て行くという生活だ。こういう生活を送っている男たちの家庭生活は、どんなものであったろうか……。また、こういう男たちの妻として生きている女たちは、どんな考え方をしていたものだろうか……。

この小説は、そこから出発することが出来た。

すると、昔も今も、人間のあり方というものが、それほど違っていないことに気がつくのだ。

と同時に、一つだけ大へんに違っていることも出てくる。

それは「死」に対する考え方である。

昔の人々は「死」を考えぬときがなかった。いつでも「死」を考えている。それほど、世の中はすさまじい圧力をもって、武士といわず百姓といわず商人といわず、あらゆる人間たちの頭上を押えつけていたのである。

現代でもしかり。人間ほど確実に「死」へ向って進んでいるものはない。

しかし、現代は「死」をおそれ「生」を讃美する時代である。そして「死」があればこそ「生」があるのだということを忘れてしまっている時代なのである。戦国の世の人たちは天下統一の平和をめざし、絶えず「死」と「生」の両方を見つめて生きている。ここのところが大分違うのである。そこにテーマが生まれてくる。

ここまでまとまると、あとは地誌や戦史などをよみあさり、実際にペンをとってしまえば、自然に書けて行くものなのである。

私の場合、原稿紙に向うときは、仕事の半分は終ってしまったといってよい。書けるところまで行けば、半分は出来てしまったことになる。

それにしても、先人の残しておいてくれた立派な書物には、つくづく感謝の心が起きざるをえない。

たとえば、故吉田東伍博士の著書〈大日本地名辞書〉のごときは、手垢《てあか》のつくまで使用させてもらっているが、ページをひらくたびに、この念の入った、ほとんど半生をかけて成しとげられた業績の恩恵を身にしみて感ぜずにはいられないのだ。長篠のことが知りたければ三河・長篠の項をひらく。そこには長篠の地形と歴史が簡潔に語られ、その場所が現在のどこに当っているか、それもわかる。これを土台にして実地調査なり次の段階の調べなりに進むわけだ。種々の郷土史もしかり、太田亮博士の〈姓氏家系辞典〉なども、手離すことが出来ない私どもの宝庫である。

私のヒーロー

一

『鬼平犯科帳』の連載がはじまったとき、五年間もつづくとはおもわなかったし、つづけるつもりもなかった。

主人公の火付盗賊改方長官・長谷川平蔵は、実在の人物である。

「寛政重修《かんせいちょうしゅう》　諸家譜《しょかふ》」によれば、

「……長谷川平蔵宣以《のぶため》。明和五年十二月五日、はじめて浚明院殿（十代将軍・徳川家治）に拝謁し、安永二年九月、遺跡をつぐ（中略）天明四年十二月、西城御徒の頭に任じ、布衣を着することをゆるさる。同七年九月、盗賊追捕の役をつとめ、八年四月ゆるされ、十月二日より、また、このことを役す」

とあって盗賊改方の役目を、いったんは免ぜられ、すぐにまた就任した事情は、私の「鬼平」第一冊におさめてある「血頭の丹兵衛」の編中にも書いてあるが、これはむろん、私の推測から発した創作にすぎない。

さらに、

「寛政二年、曾てうけたまわりし人足寄場の事、うけ入らるるにより、時服二領、黄金三枚を賜う」

とある。

この「人足寄場」というのは、平蔵が幕府に建言をして、佃島にもうけた犯罪者の更生施設ともいうべきもので、何といっても彼の名が後世に残ったのは、この人足寄場設置の事によってである。

長谷川平蔵が、江戸時代の特別警察の長官として、どのような活躍をしたかという、くわしい記録は残っていない。

わずかに、盗賊・葵小僧ほか、二つ三つのエピソードが、当時の雑書につたえられているのみである。

しかし、彼の生いたちについては、ある程度の研究がすすめられてい、おぼろげながら、イメージをつかむことができる。そのイメージを作家としてふくらませたのが、私の長谷川平蔵なのだ。

『鬼平犯科帳』は、足かけ三年にわたり、テレビで放映されたが、このとき、主人公の平蔵を演じてもらう俳優を、私は松本幸四郎ひとりにしぼった。何故《なぜ》かというと、風貌も私の「鬼平」そのままであり、幸四郎氏の若き日も、何やら鬼平や私の若き日と似ていることを、私は知っていたからである。

結果は、ごらんのとおりとなった。

こういうわけで、私の「鬼平」は、むかしの私を描いていることにもなり、私の理想像を描いていることにもなる。

毎月、この一編を書くときの苦労は、年を追うて重くなってきた。

せめて七年は、つづけようとおもう。

読者が、私の創作した長谷川平蔵をヒーローとおもって下さるか、下さらないかは、私のあずかり知らぬことなのだ。

いまひとつ、私は小説新潮に『剣客商売』という時代小説を連載している。

老剣客で、いまは隠棲している秋山小兵衛と、その一人息子で、江戸の剣術界へ第一歩をふみ出した大治郎の二人が主人公なのだが、これとても、私の発想をよんだモデルは、似ても似つかぬ人なのだ。

秋山小兵衛のモデルは、むかし、私が戦前の株屋ではたらいていたころ、私の店ではない別の店の主人で吉野さんという老人である。

この人は、別に「剣客」でもなんでもない。やかましい本妻の眼をぬすみ、八丁堀に、講武所の芸者だった若い女を囲って、

名剣士に変貌してしまうのである。

「池波君。精をつけなくっちゃあいけません」

などといい、浅草・前川の鰻《うなぎ》を一度に三人前も食べた人だ。

こういう人をモデルにして小説を書きすすめて行くうち、いつしか、神韻《しんいん》渺々《びょうびょう》たる名剣士に変貌してしまうのである。

秋山小兵衛父子は、鬼平氏とちがって実在の人物ではないが、こうして書きすすめて行くうち、私の創作した小兵衛老人に、しだいに血が通ってくる。

背景は、賄賂《わいろ》横行といわれた、かの「田沼時代」になっているが、そのときどきの事件に、秋山小兵衛が当面するとき、小兵衛の血が作者の私を引きずって行くのである。

これは鬼平氏の場合も同じことだ。

彼らを「事件」に当面させたとき、私は彼らの血が命ずるままに、ペンをすすめて行くよりほか、仕方がないのである。

彼らには、若かったころの私も現在の私も入っているし、私が、五十年の人生に出会ったさまざまの人がふくみこまれている。

それらの凝結が、長谷川平蔵であり秋山小兵衛なのであろう。

そして、それらの多くの人びとが「理想」とした人間像が、この二人に具現されているのかも知れない。

二

一九三〇年代。スイング・ジャズの「王様」といわれたベニイ・グッドマンに対抗し、みずから「クラリネットの王者」と称したアーティ・ショウのオープニング・テーマ「ナイトメア」は、ショウ自身の作曲である。

ショウがある夜、シカゴのホテルの一室で瞑想《めいそう》にふけっていたとき、この曲のテーマが突如、あたまに浮かんできてはなれなくなり、ショウは物につかれたように、一夜のうちに「ナイトメア」を書きあげたという。

グルーミーな中にも、しゃれた華やかさがあり、ショウ独特のするどいクラリネットの音がなんともいえぬロマンチックな香りをたたえている。

今年の一月も末のころになって、小説現代のための短編を書こうとおもい、素材の選択に迷っているとき、たまたま、アーティ・ショウの古いレコードをかけていて、この「ナイトメア」をきいた。

そのときに、私の脳裡にうかんだのが、仕掛人・藤枝梅安の風貌であった。

それはもしやすると「ナイトメア」をきいたことによって、アーティ・ショウの私生活における数々のロマンスや写真で見た彼の風貌とが一つのイメージとなって、うかびあがってきたのかも知れなかった。

私の場合、一つの小説を書く発想の端緒は、およそ、小説とは何の関係もない日常の一瞬につかむことが多い。

だからといって、藤枝梅安が原稿紙の上にうごきだすと、これはもう、アーティ・ショウとはまったく別物になってしまう。それも、いつものことだ。

仕掛人というのは「殺し屋」のことだが、別に、そうした名称が江戸時代にあったわけではない。

「殺し屋」と、いってしまっては時代色が出ないような気がしたし、語感にも、私にはぴったりとこないものがあった。

そこで「仕掛人」という名称を、私が創作したのである。

梅安は第一作の『おんなごろし』だけで、あとをつづけて書くつもりはなかった。ところが好評だったので、三カ月ほどしてから『殺しの四人』という一篇を書いたところ、これが、小説現代の読者投票による「読者賞」にえらばれたのは、実のところ、私もおどろいたのである。

暗くて血なまぐさい殺し屋の世界などが、多くの読者の共感をよぼうとは考えられなかったし、ことに、

(女の読者は、読んでもいやな気がするのではないか……)

と、私はおもっていた。

しかし、票には多くの女の読者の支持があったそうで、これまた意外といわねばならぬ。

強いていえば、私が仕掛人である藤枝梅安や彦次郎を通して、

「人間はよいことをしながら悪いことをし、悪いことをしながらよいことをしている」

という主題を、梅安・彦次郎の私生活における生態にむすびつけ、彼らが血なまぐさい仕事をはなれたときの生態……つまり、食事や女性への好みや、つまらぬ日常茶飯事に向ける関心を、あえて書きこんだためかも知れない。

最近、大ヒットとなった映画「ゴッドファーザー」も、単に、アメリカのギャングを描くというのではなく、その大ボスの家と家族たちをこくめいに描いて、

「家族こそ社会である」

という人間生活の原点にドラマを煮つめていったところに、若い現代人の共感をも得ることになったといってよい。

そのときどきの事件や危機や愛情に直面したときに、彼らが見せる情熱のほとばしりや、よろこびや悲しみは、すべての人間……階級や職業をこえた人間たちと同じものなのである。ドラマをそこまで煮つめることにより、この映画は成功したのであった。

仕掛人の藤枝梅安は、長谷川平蔵や秋山小兵衛と同じように、これからも書きつづけて行くことになりそうである。

私の場合、ことに時代小説では、登場する人間たちの正体と、平常は体内にねむっている情熱を発揮させるために、どうしても彼らを断崖の淵《ふち》へ追いこんで行かねばならない。

私は別に「敵討ち」を主題にした小説集を四冊出している。

いつの間にこれだけの敵討ち小説を書いたのだろうと、いまもあらためておもっているところなのだが、それもこれも、敵討ちという封建時代の掟に、追う者も追われる者も一命をかけて闘い、生活し、愛し、愛されて行くところに、期せずしていくつもの主題が生まれてくるからなのであろう。

仕掛人の梅安や彦次郎を描くことによって、これからも私は、彼らが奏でる主題を、彼らだけのものではなく、他の世界へのひろがりをふくむものにして行きたいと念じているのだ。

巻末対談

ご隠居さんから聞く東京の昔話

（作　家）常盤《ときわ》新平《しんぺい》
×
（文芸ジャーナリスト）重金《しげかね》敦之《あつゆき》

重金　常盤さんは、『剣客商売』全巻の文庫解説をなさっているほど池波さんとは深いおつき合いですが、池波さんとの最初の出会いというのは？

常盤　「小説現代」（一九八〇年五月号）のインタビューが最初でした。私はもともと池波さんの愛読者で、読むだけで満足していたのでお会いできなくてもいいと思っていたんですが、初めてお会いした時はやはり嬉しかったですねえ。和服で銀座を歩いていらっしゃる姿など何度か拝見してはいたんですが、声をかけたことはありませんでしたから。

重金　そのインタビューは、男のダンディズムやファッションに関するもので、池波さんは、着るものの色は二色か三色までに抑えるべきだとか、縞の上着に縞のシャツを合わせちゃいけない、などとおっしゃっています。非常に定式というかしきたりを守られた方ですね。洋服にしろ洋食にしろ、日本に明治以降に入ってきたものだから正しくやらなければいけない、常道からはずれることはみっともなくて恥ずかしい、というお気持ちだったんでしょうか。

常盤　伝統を守るということだったろうと思います。そういうことはすべて、株式仲買店の外交をなさっていた若い頃に身につけられたものなんでしょうね。

重金　確かに昔は、ワイシャツは袖口から一・五センチ出なきゃいけないなど細かく言ったものですが、今はミスマッチというのか、何でも平気になってしまいました。

常盤　多彩になったといえば聞こえはいいんですが、言葉と同じで、乱れてきたともいえるんじゃないでしょうか。

重金　日本人がようやく洋服の文化を自分の手の内にしたともいえますね。だから、崩しも自由にできるようになったと。でも池波さんは、羽織や襦袢の裏に凝るのも邪道だといって、自分の美意識に合わないものは認めないようなところもお持ちでした。

常盤　そういう意味では、オーソドックスなものがお好きだったんだと思います。

重金　常盤さんは『遠いアメリカ』で直木賞を受賞されていますが、その時も池波さんは選考委員をなさっていたんですか。

常盤　ええ。選考会の当日の朝、神保町を歩いていたら偶然池波さんにお会いしましてね。「ちょっと時間があるからお茶でも飲もうか」と喫茶店に誘われて、コーヒーをごちそうになったんです。選考のことは一言もおっしゃらなかったけれど、終始ニコニコしていらしたことを覚えています。不思議なご縁だと思いました。

重金　常盤さんと同時受賞なさった逢坂剛さんも、お父様は池波作品でお馴染みの挿絵画家の中一弥さんですから、どちらも池波さんゆかりの方だったわけですね。池波作品の中では、やはり『剣客商売』が一番お好きですか？

常盤　「鬼平」も「梅安」も好きですが、やはり「剣客」ですね。解説も全部書かせてほしい、と私からお願いしたんです。あの頃は私もずうずうしかったんですねえ（笑）。

重金　解説にも書かれていますが、女性の池波ファンが増えたのは、『剣客商売』のおはると三冬の存在が大きいように思います。

常盤　池波作品の女性は、時代小説には珍しく、掘り下げた存在として描かれていると思います。美しいのとそうでないのも、非常にメリハリがはっきりしていますしね。

重金　池波さんの女性観は、どちらかというと男本位というか、昔の男性の感覚だと思うんですが、ただ、苦界に沈んだ女などに対しては温かい目もお持ちでしたね。

常盤　そういう意味では、女性をちゃんと認めていらしたと思います。私自身は、男の理想の女房像ともいえるおはるもいいんですが、やっぱり三冬が好きですね。

＊

重金　常盤さんはずっと翻訳のお仕事をなさってこられたわけですが、池波作品に、外国の文学作品や推理小説の影響などはお感じになりますか？

常盤　むしろ外国映画の影響が大きいのではないでしょうか。池波さんの文章は歯切れがいいしスピーディーで、場面転換なども鮮やかですが、これこそ外国映画から自然に身につけられた部分でしょう。それが東京の下町育ちの都会的なセンスとピタリと合って、フランスのシムノンを彷彿とさせるような作品が書けたのだと思います。

重金　昭和のモダニズムというか、映画が時代の最先端だったんでしょうね。翻訳家の中には池波ファンが多くいて、池波さんの文体を真似する人もいると、さきほどの「小説現代」のインタビューでもおっしゃっていましたが……。

常盤　「やもしれぬ」とかね（笑）。池波さんの文章は素敵で、つい真似したくなるんですよ。池波さんに限らず翻訳家が時代小説を好むのは、ひらがなと漢字しか出てこなくて、カタカナがないから安心するんだと思うんです。これは私も最近発見したんですが、カタカナの刺激というのは意外に強いものなんですね。私が時代小説を読むようになったのも、長年翻訳をやってきたことが大きな理由だと思います。

重金　カタカナがないから安心するというのは、おもしろいですね。常盤さんは池波作品の魅力を「インチメート」という言葉で表現されていますが、これは「密接な」というか、すぐ傍らに池波さんがいるような親しみを感じるということですね。

常盤　「水いらず」とでもいうんでしょうか。ちっとも威張らないご隠居さんから、昔の東京の話を聞いているような気がしますでしょう。池波さんが書かれる隅田川の情景なども、本当にいいですよね。私も以前はよく銀座で馬券を買って、それでも足りなくて浅草まで行ってまた買って（笑）、それで吾妻橋あたりの川沿いを歩いて、ベンチに座って携帯ラジオを聞いたりしたものです。葉桜の頃もいいし、雪の景色もよくて、雪が降った翌日、わざわざ出かけたりしました。でも、今考えてみると、自分が好きで行っていたというより、池波さんを読んでいたから行きたくなったんでしょうね。東京の下町というものを、池波さんから教えていただいたという気がします。

重金　そういう風景描写が、池波さんは実に巧みでした。鬼平が清水門外の役宅からしのびで出ていくその町の様子など、まさに映画的、映像的に目に浮かんできますから。

常盤　「着ながしの浪人姿で……」と書かれるだけでパッとわかりますからね。それに何度でも読み返せるでしょう。あの文章の魅力はすごいですよ。年に一度は読むというか、年末年始にかけて読むのに、池波作品ほどふさわしい読物はないと思います。

＊

重金　常盤さんは山口瞳さんとも非常に親しくなさっていましたが、池波さんは東京の下町、山口さんは山の手で、お二人とも東京生まれのほぼ同世代の作家ですね。

常盤　私がお二人に惹かれたのは、自分が東北の田舎町生まれだったことが大きいような気がします。どちらも都会的で文章も歯切れがよくてね。池波さんは山口さんのことを「ひーちゃん」と呼んで仲良くされていましたが、ただ、お互いの作品は読んでいなかったと思います（笑）。山口さんの奥様が池波作品の愛読者で、池波さんは奥様とお手紙のやり取りをよくなさっていたそうです。

重金　池波さんも山口さんも絵をお描きになりましたが、この絵に関して言えば、どちらも自分の方が相手よりもうまいと思っていた節がある（笑）。

常盤　絶対そうでしょうね（笑）。

重金　「週刊朝日」で連載していた『真田太平記』は風間完さんの挿絵だったんですが、風間さんは松本清張さんの『昭和史発掘』（「週刊文春」）でも挿絵を担当されていて、一度だけ清張さんが風間さんに代わって挿絵を描いたことがあったんです。清張さんは風間さんのタッチでうまく描き、サインも風間さんのkaを真似てmaと入れたという話を聞いた池波さんが、「俺もやりたい」ということになりましてね（笑）。どうも子供におもちゃを与えてしまったようなもので、夢中になられて、そのうち「藝術新潮」や和光での個展でしょ。ちょっと手がつけられなくなりました（笑）。

常盤　でも、池波さんにとっては、絵を描くことは大きな救いになっていたと思いますよ。あの和光の個展での絵は、山の上ホテルがほとんど買ったんですすね。

重金　そうでしたか。晩年は絵筆のない生活は考えられませんものね。池波さんは山の上ホテルにご自分の絵を持っていって、「ここに掛けたらいいだろう」とおっしゃったとか（笑）。ホテルの公衆電話の上に掛かっていた池波さんの絵が三回ほど盗られてしまい、そのたびに同じような絵を描き直して持っていかれたそうです。常盤さんは『山の上ホテル物語』という本でも池波さんについて書かれていますが、池波さんがホテルに郵便貯金の通帳を預けていたというエピソードはおもしろかったですね。

常盤　私もびっくりしました。どうやら、その昔は吉原にも預けていらしたとか（笑）。

重金　余裕というかゆとりを持って遊ぶということなんですね。寿司屋に行く時も、二、三万円かかるかなと思ったら、倍は用意していくというところがおありでした。

常盤　そのくせ、食べ物の好みは決して流行作家然とした感じがしなくて、ごく普通の味を楽しんでいらした。私が一番好きなのが「小鍋だて」で、大根の千切りやら蛤を出汁で煮て食べるんですね。あの『剣客商売』の秋山小兵衛のモデルになった……。

重金　三井老人ですね、兜町時代に知り合ってかわいがってもらったという。

常盤　その三井老人のことを「金はたっぷりと持っていたようだ」とエッセイに書かれているんですが、これは池波さんご自身のことじゃないかと思ったものです（笑）。

重金　蕎麦の「まつや」さんにしても、ごくごく当たり前のお店ですからね。

常盤　あの近くにもう一軒、蕎麦屋がありますが、池波さんは「一度、冷たいかきあげが出てきて、それから行かないんだよ」とおっしゃっていました。味はもちろんですが、店の主人や働いている人の人柄に惹かれるお店がお好きだったんでしょう。

重金　池波さんは山の上ホテルでは執筆はなさらなかったけれど、絵を描いたり、直木賞の候補作を読んだりされていました。非常に気を遣われる方で、山の上ホテルに泊まると、天ぷらも中華もコーヒー・ハウスもみんな回ろうとなさるので、吉田俊男社長が当時コーヒー・ハウスの主任だった川口仁志さんに池波さんを外へ連れ出すように言われて、二人で「揚子江菜館」に出かけて焼きそばを食べたりしたそうです。

常盤　山の上ホテルも川口さんのことも、大変お気に入りでしたからね。それにしても池波さんは、本当によく食べる方でした。あんなによく食べて、また食べ物のことを書いた作家というのは、他にいないんじゃないでしょうか。

重金　池波さんが『食卓の情景』を連載された昭和四十七年頃というのは、「鬼平」に加え、「剣客」と「仕掛人」の三つのシリーズが「オール讀物」「小説新潮」「小説現代」に同時に連載されるという、脂の乗り切った時代でした。日本も高度成長期を迎えて、まさにグルメブームが到来しようとしていた、その先駆けのようなエッセイだったと思います。あれ以来、他の作家も食べ物について書くようになりましたからね。池波さんがよく通われた寿司屋の「菊鮨」は、作家の近藤啓太郎さんに教わって行かれたのですが、最初の二、三回は断られたそうです（笑）。それで、「実は近藤さんの紹介で」と言うと、初めて「どうぞ」ということになったんだとか。『食卓の情景』にも、ここの寿司をお土産に持ち帰ると、お母様が「ここのお鮨は、まだ濡れ濡れとしているねえ」と言って喜ばれたと書かれています。池波さんは、この「菊鮨」にも自分の絵を持っていって、「ここへ掛けたらどうだ?」と言ったそうですよ（笑）。

常盤　それだけ気を許していらしたんでしょうね。山の上ホテルと同じだな（笑）。

＊

重金　池波さんは、区役所や税務事務所の仕事を経て長谷川伸の門下に入るわけですが、当時の長谷川門下には錚々たる先輩たちがいて、大村彦次郎さんもおっしゃっていますが、学歴もない池波さんには相当な屈託があったんじゃないかと思うんです。さらに、自分よりも年下で大学出の平岩弓枝さんが入ってきて、しかも先に直木賞をとってしまうわけでしょう。池波さんはそこから小説の猛勉強をなさったようですね。

常盤　意地っ張りなところがおありでしたから、がんばられたんだと思います。池波さんが本当に認められるようになるのは、「鬼平」シリーズからでしょう。

重金　あの頃は中間小説誌がみんな新聞の全五段広告を出していて、そのすべてに「池波正太郎」と大きく名前が出て、急激に人気作家になられた印象がありましたからね。

常盤　雑誌でリアルタイムに池波さんの連載が読めるというのは、本当に幸福なことだったと思います。『雲霧仁左衛門』（「週刊新潮」）なども、毎週楽しみに読んだものでした。

重金　池波さんは、あまり作家仲間と飲みに行ったりなさいませんでしたね。

常盤　ほとんどいつも、お一人だったんじゃないでしょうか。池波さんという方は、徒党を組むことができないし、したくもなかった方だと思います。

重金　親分になって手下をつくるのも、どこかの親分の下につくのも嫌なんですね。

常盤　バーでもお一人でいらして、一、二杯飲んで、サッと帰られたようですね。

重金　食事の後など銀座のバーにご一緒したことがありますが、当時の池波さんはそれから帰ってお仕事をされていたので、バーでは「酔い覚まし」と称してカンパリソーダを二杯くらい飲むだけで、九時か十時頃にはお帰りになっていました。「葡萄屋」や「エスポヮール」によく行かれましたが、中でも「エスポヮール」には、直木賞をもらった時にいろいろ面倒見てもらったと恩義を感じていらしたようです。

常盤　あの頃は銀座のバーが直木賞をとらせるみたいなところがありましたからね（笑）。銀座のバーが小説雑誌の熱心な読者でもあったわけですし。私は講談社の編集者に誘われて初めて「葡萄屋」に行ったんですが、その時、池波さんが流しのバンドに「シング・シング・シング」をリクエストされたのをよく覚えています。

重金　直木賞といえば、第一回受賞は川口松太郎さんですが、この時は菊池寛が大方の反対に対して、「今ここで賞をあげれば大成する作家だ」と押し切った。そして、池波さんの受賞の時は、川口松太郎さんが同じように池波さんを推薦するわけです。一方、海音寺潮五郎さんは池波さんの受賞に絶対反対で、選評でも「候補作になるだけでも意外だ。自分を見返すような作家になってもらいたい」と非常に痛烈な言葉を残して、票決には棄権しています。もっとも松本清張さんに言わせれば、みんな選考会ではひどいことを言っても、選評では逆のことを書いたりすることもあるということでしたが（笑）。
　常盤さんは病院のお見舞いに、よく池波さんの本を持っていかれるそうですね。

常盤　お見舞い品としてはちょっと安いんじゃないかとも思うんですが（笑）、文庫本なら軽くてベッドでも読みやすいですし、「鬼平」や「剣客」などの池波作品には、どれも人を元気づける、もう一度元気に暮らしてみたいと思わせる、そんな励ましがあるんですね。

重金　大所高所から、人生や生き方を押しつけるわけでもありませんしね。

常盤　時代小説に限らず、歴史小説で武家を描いていても、江戸の市井の出来事が入ってきて味わいがあるし、目線が低いというんでしょうか。世の中というものは、生きているということは、おもしろいものだなあということを教えてくれるんです。

重金　それまでの時代劇のヒーローというのは、水戸黄門のように完璧に出来上がった人間だったと思うんです。でも、長谷川平蔵にしろ秋山小兵衛にしろ、池波さんの描く主人公は、ある種、池波さんの分身でもあると思うんですが、歳をとっても迷ったり失敗したりして、煩悩が抜けきらないような魅力がありますよね。平蔵なんか、眠っている間に父の形見の銀煙管を盗人に盗られちゃったりしてね。

常盤　ちょっとなまぐさいところが、いいんですよね（笑）。

（二〇〇七年十一月）

本作品の中には今日では差別的表現として好ましくないと取られかねない箇所があります。しかし、作者がすでに故人であり、著作権法上、無断の表現変更はできないのはもちろんのこと、作者に差別を助長する意図はなく、それ以上に作品の時代背景を重視し、あえて発表時のままとしました。

編集部

新年《しんねん》の二《ふた》つの別《わか》れ　新装版《しんそうばん》　朝日文庫

2021年12月30日　第1刷発行

著　　者　池波正太郎《いけなみしょうたろう》

発 行 者　三 宮 博 信
発 行 所　朝日新聞出版
〒104-8011　東京都中央区築地5-3-2
電話　03-5541-8832(編集)
03-5540-7793(販売)
印刷製本　大日本印刷株式会社

ISBN978-4-02-265021-4

司馬　遼太郎
対談集　日本人の顔

日本人の生き方・思考のかたちを、梅棹忠夫、江崎玲於奈、山崎正和ら多彩なゲストと語り合う。自在な思考とヒューマニズムの精神に貫かれた対談集。

司馬　遼太郎
対談集　東と西

文明の本質と日本への直言……開高健、ライシャワー、大岡信、網野善彦らとの悠々たる対話。人々の心のひだに分け入り、思考を深めていく対談集。

司馬　遼太郎
対談集　日本人への遺言

日本の現状に強い危機感を抱く司馬遼太郎が、田中直毅、宮崎駿、大前研一ら六氏と縦横に語り合った貴重な対談集。

司馬　遼太郎
春灯雑記

日本の将来像、ふれあった人々との思い出……今日的な問題から、歴史の深いひだに踏み込んだテーマまで、深遠な視点が生かされた長編随筆集。

岡　潔
紫の火花

近年再評価が高まる数学者による、独自の思想の深まりを書いた名著、五六年ぶりの復刻。岡熙哉「親父・岡潔の思い出」収録。

小池　光
うたの動物記

詩歌に詠まれた動物を生態、文化史とともに現代の代表的歌人がユーモラスに語る。日本エッセイスト・クラブ賞受賞のコラム。《解説・俵　万智》

情に泣く
朝日文庫時代小説アンソロジー　人情・市井編

細谷正充・編／宇江佐真理／北原亞以子／杉本苑子／半村良／平岩弓枝／山本一力／山本周五郎・著

失踪した若君を探すため物乞いに堕ちた老藩士、家族に虐げられ娼家で金を毟られる旗本の四男坊など、名手による珠玉の物語。《解説・細谷正充》

悲恋
朝日文庫時代小説アンソロジー　思慕・恋情編

細谷正充・編／安西篤子／池波正太郎／北重人／澤田ふじ子／南條範夫／諸田玲子／山本周五郎・著

夫亡き後、舅と人目を忍ぶ生活を送る未亡人。父を斬首され、川に身投げした娘と牢屋奉行跡取りの運命の再会。名手による男女の業と悲劇を描く。

おやこ
朝日文庫時代小説アンソロジー

細谷正充・編／池波正太郎／梶よう子／杉本苑子／竹田真砂子／畠中　恵／山本一力／山本周五郎・著

養生所に入った浪人と息子の嘘「二輪草」、歌舞伎の名優を育てた養母の葛藤「仲蔵とその母」など、時代小説の名手が描く感涙の傑作短編集。

なみだ
朝日文庫時代小説アンソロジー

細谷正充・編／青山文平／宇江佐真理／西條奈加／澤田瞳子／中島　要／野口　卓／山本一力・著

貧しい娘たちの幸せを願うご隠居「松葉緑」、親子三代で営む大繁盛の菓子屋「カスドース」など、ほろりと泣けて心が温まる傑作七編。

いのち
朝日文庫時代小説アンソロジー

朝井まかて／安住洋子／川田弥一郎／澤田瞳子／山本一力／山本周五郎／和田はつ子・著／末國善己・編

江戸期の町医者たちと市井の人々を描く医療時代小説アンソロジー。医術とは何か。魂の癒やしとは？　時を超えて問いかける珠玉の七編。

江戸旨いもの尽くし
朝日文庫時代小説アンソロジー

今井絵美子／宇江佐真理／梶よう子／北原亞以子／坂井希久子／平岩弓枝／村上元三／菊池仁編

鰯の三杯酢、里芋の田楽、のっぺい汁など素朴で旨いものが勢ぞろい！　江戸っ子の情けと絶品料理に癒される。時代小説の名手による珠玉の短編集。